KB193930

미라지 3

Mirage

MIR AGE

미라지

3

카밀라 레크베리, 헨리크 펙세우스 지음

전은경 옮김

어느날
갑자기

5일 전

《엑스프레센》 기자는 원래 토르의 집을 방문하고 싶어 했다. 그러나 그가 단호하게 거절했다. 넘지 말아야 할 경계가 있는 법이고, 인터뷰는 직장에서도 진행할 수 있으니까. 어쨌든 권력의 중심에 있는 사람들에 관한 인터뷰 아닌가. 하지만 사진 기자가 전혀 만족하지 못해서 결국 절충안으로 합의했다.

인터뷰는 그의 사무실에서 하되, 사진은 감라 스탄의 어느 건물 옥상에서 찍기로 한 것이다. 사진 기자는 겨울의 스톡홀름 풍경이 그의 발아래에 놓이는 장면을 원한 듯했다. 결코 인정하지는 않을 테지만 그 상징성은 당연히 토르의 마음에 들었다.

아직은 마틸다 기자만 와 있었다. 마틸다와 토르는 전에도 자주 만나긴 했지만, 지금까지 그녀는 토르를 늘 언론 대변인으로만 만났었다.

"내가 시간이 많지 않습니다."

토르가 말했다.

"장관님을 찾는 일이 절대적인 우선순위라서요."

"알겠습니다."

마틸다가 휴대폰을 탁자에 내려놓았다.

"시간을 낭비하지 않겠다고 약속할게요. 그래도 전체적인 인물상을 잡으려면 한두 시간은 걸릴 거예요. 우리 대화를 녹음해도 괜찮을까요?"

토르가 고개를 끄덕였다. 전체적인 인물상이라. 나쁘지 않았다.

"뭘 알고 싶으신가요?"

그가 물었다. 그러고는 목뒤로 손깍지를 꼈다가 너무 마초 같아 보인다는 생각이 들어 양손을 포개 무릎에 내려놓았다.

"모든 것이요."

마틸다가 대답했다.

"특히 니클라스 스토켄베리의 실종에 대해 말씀을 나누고 싶습니다. 장관의 실종이 법무부와 당신의 업무에 어떤 영향을 주고 있는지 궁금해요. 보안상 기밀인 정보도 있다는 걸 잘 알지만, 그래도 최대한 많이 설명해 주세요. 장관이 부재 중인 지금 당신의 역할이 어떻게 달라졌는지도 꼭 알고 싶습니다. 그리고 장관 밑에서 일하기 전에 당신은 어떤 사람이었는지에 대해서도요."

토르는 헛기침을 했다.

"법무부 장관으로서 니클라스 스토켄베리는 아마 스웨덴에서 가장 힘든 위치에 있을 겁니다."

그런 다음 장관과 대변인의 긴밀한 협업 관계를 설명하고, 선견지명이 탁월한 장관을 지극히 높게 평가했다. 그를 찾는 일이 우선이라고, 섣부른 결론을 내기에는 아직 이르다고 말했다. 그는 관련 정보를 최대한 명확하게 전달하면서도 스트레스를 받은 인상을 주지 않도록 전날 저녁에 미리 연습했다. 법무부 장관을 실망시키고 싶지 않았다.

마틸다는 그가 말하는 동안 동의한다는 듯이 고개만 끄덕일 뿐, 그의 말에 끼어들지 않았다.

"오늘날 정치인이라는 직업에는 위험이 따릅니다."

토르가 한마디를 덧붙였다.

"하지만 니클라스 장관님은 무척 용감한 분이지요. 우린 그를 찾아낼 겁니다."

마틸다가 마지막으로 고개를 끄덕였다. 그리고 휴대폰을 흘낏 보더니 녹음 음량을 높이고 말했다.

"고맙습니다. 이제 정치인 토르 스벤손에 대해 이야기해 주세요. 당신이 평생 언론 대변인으로만 살아온 건 아니니까요. 원래는 정치인으로서 직접 경력을 쌓으려고 하셨죠?"

"나는 변화에 영향을 끼치고 싶은 열망 때문에 정치에 관심을 가졌습니다."

토르가 미소를 지으며 대답했다.

"청소년 시절에 이미 스웨덴 사회 구조의 약점을 깨달았죠. 사람들이 대부분 외면하는 문제들이요."

"청소년 사회 운동가였다는 건가요?"

"그레타 툰베리처럼요?"

토르가 웃음을 터트렸다.

"아니요, 오히려 반대입니다. 나는 늘 변화란 안에서부터 와야 한다고 생각했습니다. 그래서 정치인이 됐어요. 그레타는 밖에서 사람들에게 영향을 주려고 하기 때문에, 당연히 훨씬 더 눈에 잘 띕니다. 그런데 최근 몇 년 동안에는 그레타의 전술이 결국은 더 효율적이지 않을까 생각하기도 했었죠."

마틸다도 미소로 화답했다.

"정치적 성향은 당신 집안의 내력인 것 같습니다. 할아버지도 정치에 관심이 많으셨지요?"

이건 질문이 아니라 비난이었다. 토르는 화가 나서 그녀를 쏘아보았다. 이 주제는 터부임을 알아야 하는데, 기자는 어리고 혈기 왕성했다. 그 역시 이 주제가 도마에 오르는 것은 시간문제임을 알았기에 그동안 인터뷰를 거절해 왔다. 그러나 기자가 이 이야기를 이렇게 빨리 언급하리라고는 예상하지 못했다.

"할아버지의 정치적 관심사는 당시의 시대상이 반영된 겁니다."

토르가 날카로운 말투로 대답했다.

"그때 다른 스웨덴 사람들이 가졌던 정치적 관심과 본질적으로 다르지 않습니다. 나는 할아버지를 두 번 만났어요. 마지막으로 뵈었을 때 내 나이는 네 살이었고, 그래서 사실 그분을 제대로 기억하지 못합니다. 모르는 사람에 대해 말하는 것과 다를 바 없어요. 나의 정치적 의식은 그보다는 중고등학교 때 주변 환경에 의해 일깨워졌습니다. 정치와 사회를 중요하게 여기던 학우들의 영향을 받았죠. 할아버지에게 관심이 있다면 왕립도서관 신문 보관실에 가 보는 게 나을 겁니다. 나에게 물어 봤자 시간 낭비일 테니까요."

그리고 인터뷰를 끝내겠다는 뜻으로 일어서려는 자세를 취했다.

"죄송합니다!"

기자가 놀라서 소리쳤다.

"제가 그러려던 게 아니라…… 편집장님이 그걸 꼭 물어보라고 강요했거든요. 저야 당연히 당신에 대해 더 알고 싶죠."

토르는 다시 자리에 앉아 양손의 손가락 끝을 모았다. 그리고 마틸다에게 미소를 지었다.

"예전에 '법과 질서'라고 불리던 것을 이 나라에서 유지하는 것, 이것이 과제입니다. 오늘날에는 이 두 가지가 존재한다고 말할 수 없지요. 법률은 충분하지 않고, 질서는 이미 오래전부터 지켜지지 않고 있으니까요. 변두리 지역에서 범죄 행위가 증가하고 있다는 신문 보도가 연일 이어지죠. 가해자와 피해자가 모두 미성년자인 총격 사건이 발생하고, 학교에서는 마약 거래가 폭증합니다. 하지만 사실 문제는 더욱 심각합니다. 구조적인 문제들이에요. 우리는 존중과 평등에 기반을 둔 새로운 사회를 건설해야 합니다. 범죄 조직이 발붙일 수 없는 사회 말이죠. 우리 법무부 장관은 바로 이 목표를 위해 헌신하고 있고, 나는 그를 도울 수 있어서 기쁩니다."

"몇 년 후에 당신은 어떤 역할을 하실 건가요?"

마틸다가 감탄하며 물었다.

토르가 활짝 미소 지으며 대답했다.

"글쎄요. 어쩌면 지도층이 될지도 모르지요."

*

"사라가 자네를 구했다며?"

루벤은 코를 씩씩거렸다. 크리스테르의 말을 못 들은 척하고 싶었다. 하지만 구내식당에 마주 앉아 있는데 그러는 건 설득력이 없었다.

"아, 그냥 운이 좀 나빴어요."

"바스락거리는 은박 담요를 덮은 자네 모습, 너무 웃기던데. 아이고, 배야!"

"그걸 어디서 봤어요?"

루벤은 놀라서 크리스테르를 빤히 노려봤다. 차 뒷좌석에서 있었던 일은 나랑 사라만 안다고 생각했는데, 이게 뭐람.

"그 사진이 트위터인가, 요즘 뭐라고 다르게 부르는 거기 올라왔어. 아담이 오늘 아침에 보여 줬지. 동료 중 누군가가 포스팅했나 봐. '바이러스로 퍼졌다'고 하던데. 참 재밌는 표현이야."

"바이럴이요, 바이럴. 바이러스가 아니라."

루벤은 툴툴거리며 햄 치즈 샌드위치를 한 입 베어 물었다. 그러더니 샌드위치를 도로 하얀 접시에 내려놓고는 크리스테르에게 물었다.

"그런데 크리스테르는 라세랑 사귈 때 어떻게 했어요?"

크리스테르는 빵을 먹으려다 말고 어리둥절해서 동작을 멈췄다.

"그걸 왜 물어?"

"아니, 그냥……."

루벤은 질문한 걸 바로 후회했다. 그들이 나눈 대화 가운데 가장 감성적이었던 것은 지역 축구 경기에 관한 것이었다. 지난여름 유르고르덴 팀이 AIK 축구 클럽에 대패했을 때 슬픔과 실망이 그들을 잠깐 하나로 만들었었다.

"아하."

크리스테르가 히죽거리며 빵을 뜯었다.

"뭐가 아하예요?"

루벤이 몸을 들썩거렸다. 내가 왜 멍청한 짓을 했을까. 주둥이 닥치고 있을걸.

"사라 때문이지. 안 그래? 다시 한번 말하면, 개 같은 상황에서 자네를 구해 준 사람 말이야."

"마지막으로 말하겠는데, 사라가 나를 구한 게 아니에요."

"아하. 하지만 어쨌든 사라 때문인 건 맞는 거지?"

크리스테르는 동료의 불편함이 무척이나 마음에 들었다.

"그 이야기를 꼭 해야겠어요?"

"시작한 사람은 자네야."

"그래요, 그렇지만……."

루벤이 한숨을 내쉬었다.

"아, 젠장."

크리스테르가 갑자기 진지해졌다. 그는 손에서 빵을 내려놓더니 몸을 앞으로 숙였다.

"번지 점프나 마찬가지야."

"번지 점프? 무슨 말이에요?"

"사랑은 번지 점프 같은 거라고."

"무슨 헛소리예요? 취했어요?"

루벤은 미심쩍은 눈길로 동료를 노려봤다.

"아니, 정말이야. 사랑은 번지 점프 같아. 너무 오래 고민하면 안 돼. 그랬다가는 불안해지니까. 그럼 결국 포기하게 되거든. 돌이켜 보니 난 포기하기 직전이었어. 그 생각을 하면 아찔해. 오래 생각하지 않기, 이게 비결이야. 그냥 하라고."

"그냥 해라."

루벤이 그 말을 되풀이했다.

"아주 좋은 비결이네요."

"그러취."

크리스테르가 만족스럽게 대답하고 빵을 다시 집었다. 그러고는 구역질 나는 표정을 지으며 빵을 벌려 상추를 걷어 냈다.

"이 풀때기 나부랭이가 샌드위치를 더 풍성하게 만든다고 생각하는 사람이 정말 있을까? 그냥 둬도 맛있는 샌드위치에 흐물흐물한 상추 이파리를 넣을 생각은 도대체 누가 한 거야? 이걸 뺀다고 불평할 사람이 있나?"

"내 건 아까 뺐어요."

루벤이 자기 접시에 처량하게 놓인 상추 잎을 가리켰다.

"그냥 뛰어내리리라고요?"

"그냥 뛰어내려."

루벤이 고개를 저었다.

"번지 점프라니. 당신이 그런 걸 하리라고는 상상도 못 했어요."

크리스테르가 웃음을 터트렸다.

"자네, 취했나? 번지 점프라니? 내가? 그런 건 평생 안 해."

*

　나탈리는 토르의 사무실 문을 노크한 다음, 대답을 기다리지도 않고 바로 들어갔다. 미나가 고개를 저으며 그 뒤를 따랐다. 나탈리는 자기 아버지를 닮아 고집이 셌다. 토르는 책상 뒤쪽에 서서 통화 중이었다.

　"나중에 다시 이야기하지."

　미나와 나탈리를 본 토르가 말했다.

　"이제 끊어야 해."

　"어떻게 됐어요? 아빠를 찾았어요?"

　나탈리가 물었다. 토르가 한숨을 내쉬며 책상에 기댔다.

　"나탈리, 이번이 너에게 가장 끔찍한 크리스마스였다는 거 알아."

　그가 온화하게 말했다.

　"우리가 아니라 보안 경찰이 네 아빠를 찾고 있어. 그런데 …… 여전히 아무 흔적도 찾지 못했어. 어떻게 지내는지 알고 싶어서 두 사람에게 여기 와 달라고 부탁한 거야. 내가 뭔가 해 줄 수 있는 일이 있을까?"

　토르의 책상에 스웨덴 정부 엠블럼이 찍힌 사탕 접시가 놓여 있었다. 나탈리는 사탕을 한 알 들어 껍질을 벗기고 입에 넣었다.

"제가 어떻게 지낼 것 같아요?"

나탈리가 되물었다.

"토 나오는 그 자동 응답기 멘트에 따르면 아빠한테는 이제 며칠밖에 안 남았어요. 경호 팀이나 보안 경찰은 실종된 사람을 찾는 방법을 잘 알지 않나요? 아저씨가 해 줄 수 있는 일이 있느냐고 물으셨죠. 아빠를 찾으면 크립토나이트로 만든 상자에 넣고 그 주위에 경호원 1만 명을 세워 주세요."

미나는 딸의 목소리에서 울음이 터지기 직전임을 깨달았다. 그러나 그녀가 할 수 있는 일은 없었다. 아이의 엄마로 있는 것 말고는. 그녀는 딸의 등을 부드럽게 쓰다듬었다. 창밖에는 다시 눈이 내렸다. 이번에는 바닥에 닿자마자 질퍽하게 녹아 버리는 전형적인 도시의 눈이었다.

"내 계획이 바로 그거야."

토르가 검지를 뻗어 흔들었다.

"이 모든 일이 지나가면 네 아버지에게 미국 대통령보다 더 많은 경호원을 붙일 거다. 그리고 네 궁금증에 대한 대답은, 네 아버지가 휴대폰을 가지고 갔더라면 우리가 그의 위치를 쉽게 확인할 수 있었을 텐데 말이지."

토르는 책상을 가리켰다. 컴퓨터 옆에 휴대폰 한 대가 놓여 있었다.

"네 아버지 휴대폰이야. 책상 서랍에 들어 있더구나."

미나는 조금씩 수그러드는 나탈리를 바라보았다.

"할아버지와도 얘기했어요."

나탈리가 나지막하게 말하고 방문객용 의자에 앉았다.

"할아버지도 아는 게 없으신가 봐요."

"발테르 어르신?"

토르가 기쁜 목소리로 물었다.

"할아버지는 어떻게 지내시지? 난 그분을 늘 좋아했거든. 그거 아니? 너희 집에서 내가 가장 먼저 알게 된 사람이 바로 네 할아버지란다. 내가 네 아버지를 위해 일하기 훨씬 전이지. 나는 그분의 밑에서 인턴 일을 했었어. 당시에는 아직 대법원에 계시지 않았지만…… 이런, 내 정신 좀 봐라. 무슨 소리를 하는 건지. 할아버지와 언제 이야기했니?"

토르는 '너희 집'이라고 했다. 미나는 다시 가족의 일원이 되는 것이 낯설었다. 그래도 전 시아버지가 행실이 올바른 대화 상대와 잘 지냈으리라는 건 분명히 상상할 수 있었다.

"크리스마스이브 전날에 찾아뵀어요. 아버님도 당신 이야기를 했고요."

"할아버지는 잘 지내시는 것 같아요. 같이 커피도 마시고, 할아버지가 헤이즐넛 마카롱이랑 캐러멜 과자를 주셨어요. 할아버지들은 그러시잖아요. 하지만 아빠 이야기는 아무것도 들은 게 없으시대요."

토르가 이맛살을 찌푸리며 물었다.

"헤이즐넛 마카롱이라고? 확실하니?"

나탈리가 고개를 끄덕이고는 뭔가 말하려고 입을 열었다. 그러다가 치아가 부딪힐 정도로 급하게 입을 닫았다.

이거였다. 에펠비켄 집에서 미나는 뭔가 이상하다는 느낌을 받았었다. 어쩜 그렇게 멍청했을까. 그 생각을 바로 했어야 했는데. 전 시아버지를 뵌 지 오래됐으니 좋아하시는 것과 싫어하시는 것을 다 기억하기는 불가능하지만, 그래도 생각이 났어야 마땅한데.

"네 할아버지는······."

토르가 입을 뗐다.

"견과류 알레르기가 있으세요."

나탈리가 그의 말을 이었다. 토르가 고개를 끄덕였다.

"그런데 아저씨가 그걸 어떻게 아세요?"

"네가 태어나기 10년쯤 전일 거야."

토르가 대답했다.

"네 할아버지는 당시 고등 법원에 재직 중이었지. 동료들과 크리스마스 식사를 함께하셨는데, 아마······ 오페라셸라렌 레스토랑이었을 거야. 그때 하마터면 돌아가실 뻔했어. 평소라면 신문 머리기사까지는 되지 않았을 텐데, 말했다시피 크리스마스였잖아. 온 나라가 며칠 동안이나 숨을 죽인 채 네 할아버지의 건강 상태를 지켜봤지."

"기억나요."

미나가 말했다.

"아버님은 본인이 알레르기가 있는 식료품을 집에 들이지 않았는데 딱 한 가지 예외 조건이 있었어요. 아들이 방문할 때요. 언제나 헤이즐넛 마카롱을 내주셨어요. 니클라스가 무척 좋아했거든요. 아버님은 견과류를 공기나 피부로만 접촉하면 알레르기 반응이 일어나지 않았고요."

미나는 급히 숨을 들이쉬며 말을 멈췄다가 다시 이었다.

"우리가 도착했을 때 접시에 견과류 마카롱이 있었어요. 아버님이 직전에 누군가와 커피를 마셨기 때문이겠죠. 그 누군가는 니클라스가 틀림없고요. 아버님이 그를 집에 숨기신 게 분명해요."

나탈리는 한참이나 미나를 쳐다보다가 토르에게로 몸을 돌렸다.

"아저씨, 아저씨가 아는 모든 경호원과 경찰과 군인들에게 지금 당장 출동하라고 하세요. 30분이면 할아버지 댁에 도착할 거예요."

토르는 주머니에서 재빨리 휴대폰을 꺼내다가 멈칫했다.

"나도 당장 가 봐야 한다고 생각하는데, 그래도 조심해야 해. 어르신이 만약 정말로 아들을 숨겼다면 그건 용감한 행동이지만, 어쩌면 그 자신도 위험한 상태일 가능성이 있어. 그 자동 응답기 멘트를 녹음한 사람이 어르신에게도 해를 끼칠 수 있으니까. 네 아버지가 거기 있을지도 모른다는 걸 누구도 알아서는 안 돼. 조용히 모든 준비를 마치는 데는 시간이 좀 걸릴 거야."

나탈리가 그 말에 반박하려고 했지만 미나가 진정시키듯 아이의 팔에 손을 얹었다.

"네 아빠가 할아버지 댁에 있다면, 거기가 안전하다고 느낄 만한 합당한 이유가 있었을 거야. 지금 경찰들이 무더기로 들이닥치면 아빠는 바로 도망칠지도 몰라. 너도 알다시피 아빠는 경호원을 언제나 귀찮아했잖아. 그리고 결국은 그들에게서 빠져나갔고 말이야."

미나는 토르를 흘깃 쳐다봤다. 이 모든 일이 그의 잘못은 아니었지만 마음이 불편한 기색이었다. 미나의 전남편은 고집쟁이였다. 어쨌든 이 일로 누군가는 직장을 잃게 될 것이었다.

"할아버지가 지금까지 아빠를 숨겨 주는 데 성공했으니 조금 더 그렇게 하실 수 있을 거야."

미나가 말했다.

"지금까지 아무도 찾지 못했다는 건 다시 말해 아빠가 그곳에 안전하게 있다는 뜻이잖아. 그리고 나도 경찰이라는 걸 잊지 마. 토르와 보안 경찰에게 이 일을 맡기자."

나탈리가 팔짱을 끼더니 대답했다.

"그럼 제가 직접 갈래요. 왜 우리에게 말도 없이 도망쳤는지 해명하라고 해야겠어요."

"그거…… 그거 괜찮은 생각인 것 같다."

토르가 말했다.

"손녀와 전 며느리가 크리스마스 시즌에 방문하는 거잖아? 특별할 게 없지. 가서 아버지가 거기 있다면 대화를 나눠 봐. 그리고 함께 돌아가자고 부탁해. 거절하면 최소한 개인 경호원은 필요하다고 설득하고. 경호원들이 얼마나 비밀을 잘 지키는지는 그도 잘 아니까."

나탈리가 몸을 돌려 나갔다. 미나가 따라가려는데 토르가 그녀를 잡았다. 그리고 나탈리가 복도로 나갈 때까지 기다렸다.

"당신 차로 가요."

그가 나지막하게 말했다.

"다른 곳으로 향하는 척하다가 가는 편이 제일 좋겠어요. 늙으신 할아버지를 방문할 생각이 그제야 떠올랐다는 듯이 말이죠. 혹시 미행당할지 모르니까."

그는 말을 멈추고 복도를 흘낏 본 다음 목소리를 조금 더 낮춰서 말했다.

"누굴 믿을 수 있는지 이제 더는 모르겠어요. 분명 아무 일 없을 테지만, 그래도 공무용 권총을 가져가요. 그냥 안전상의 이유로."

*

　에펠비켄 집에 가까워질수록 나탈리는 점점 더 화가 났다. 할아버지가 어떻게 이런 식으로 속일 수가 있지? 아들을 보호하는 거야 당연한 일이지만 그걸 손녀에게까지 숨기는 건 좀 아니지 않나? 나탈리는 할아버지에게 따져야겠다고 마음먹었다.

　"바로 알아챘어야 했는데."

　나탈리가 대시보드를 두드렸다.

　"긴장 풀어."

　미나가 오른쪽 방향 지시등을 켰다.

　"네가 그 생각을 해낸 것 자체가 대단한 거야. 아까도 말했지만 아빠는 안전한 곳에 있어. 우리와 토르만 빼고는 아빠가 어디 있는지 아는 사람이 없잖아. 이걸 안다고 하는 게 맞는지 모르겠지만. 어쨌든 네 아빠는 분명히 거기 있을 거야."

　"그런데 왜 엉뚱한 길로 가는 거예요? 할아버지 집으로 가는 지름길이 아니잖아요."

　"좀 조심해서 나쁠 건 없으니까."

　미나가 룸 미러를 흘낏 봤다. 그리고 안도의 한숨을 내쉬었다. 아무도 미행하지 않는 듯했다.

"곧 도착해."

나탈리는 마치 그렇게 하면 자동차가 더 빨리 갈 수 있다는 듯이 차도를 빤히 노려봤다. 한동안 둘 다 말이 없었다. 아직도 눈이 내렸다. 도로에 새 눈이 계속 쌓이고 창밖 풍경은 크리스마스 분위기로 가득했지만, 나탈리는 그런 것에 전혀 관심이 없었다.

헤이즐넛 마카롱.

이 얼마나 바보 같은 짓인가.

할아버지는 스웨덴 전체에서 손꼽힐 만큼 똑똑한 사람이라고 했었다. 너무 터무니없어서 웃음이 나왔다. 그리고 아빠는 딸이 준비한 크리스마스 선물을 받을 생각도 하지 말아야 할 것이다.

미나가 진입로로 차를 꺾고, 지난번과 똑같이 할아버지 차 옆에 주차했다. 할아버지 차는 저번과 같은 자리에 서 있었다. 아마 이제 외출을 그다지 자주 하지 않는 듯했다.

초인종을 눌렀다. 지난번에는 두 사람이 오는 것을 할아버지가 알고 있었지만, 이번에는 미리 연락을 하지 않고 왔다. 그러니 나올 때까지 시간이 좀 걸리는 게 이상한 일은 아니었다.

아무 반응도 없었다.

미나는 다시 한번 초인종을 눌렀다. 안에서는 아무 소리도 들리지 않았다. 나탈리가 팔을 뻗어 세 번째로 초인종을 꾹 눌렀다.

"집에 안 계신가 봐요."

아이가 주위를 둘러보며 말했다.

"유리창으로 들여다봐요. 아빠가 지하실에 있을지도 몰라요."

"내 기억으로는 넓은 다락도 있었어."

미나가 고개를 끄덕였다.

"네 할아버지는 살림 도와주는 사람의 눈에 띄지 않게 아빠를 숨겼을 거야. 그러니 지하실이나 다락이겠지."

나탈리가 문손잡이를 흔들었다. 그런데 놀랍게도 문이 잠겨 있지 않았다. 나탈리와 엄마는 의미심장한 눈길을 주고받았다. 두 사람 모두 발테르가 현관문을 잠그지 않는 사람이 아니라는 것을 잘 알고 있었다. 미나가 조심스럽게 문을 열었다.

뭔가 이상했다. 나탈리는 온몸으로 이상함을 감지했다.

"엄마."

아이가 불안한 목소리로 소곤거렸다.

"그래, 알아."

미나도 소곤소곤 대답했다.

"넌 여기 있어."

"절대 안 돼요."

아이가 엄마 손을 꼭 잡았다. 둘은 함께 집 안에 들어섰다.

입구가 쥐 죽은 듯이 고요했다. 미나가 문 바로 뒤에 있는 전등 스위치를 눌렀지만 불이 들어오지 않았다.

"아버님?"

미나가 조심스럽게 불렀으나 돌아온 것은 정적뿐이었다.

"할아버지? 아빠?"

나탈리의 목소리에서 공포가 묻어났다.

미나는 어두운 집 안으로 몇 걸음 더 걸어 들어갔다.

"아버님? 미나와 나탈리가 왔어요."

둘은 조심스럽게 앞으로 나아갔다. 미나가 휴대폰 손전등을 켰다. 오래됐지만 여전히 아름다운 마룻바닥이 발밑에서 삐걱거렸다. 나탈리의 맥박이 심하게 고동쳤다. 엄마이면서 경찰인 미나마저 아이만큼이나 긴장했다.

"아빠!"

아이가 온 힘을 다해 소리쳤다.

미나는 놀라서 몸을 움찔했다. 그리고 아이에게 몸을 돌려 손가락을 입술에 가져다 댔다.

"쉿, 그렇게 소리 지르면 안 돼. 여기서 무슨 일이 벌어졌는지 모르잖아."

"아빠가 무슨 일을 당한 걸까요?"

나탈리는 이제 더는 자신이 용감하다고 생각하지 않았다. 밖에서 기다릴걸. 하지만 이미 늦었다.

"아무 일도 없을 거야. 할아버지가 잠깐 낮잠을 주무시는 거겠지. 아빠도 여기 어딘가에 있을 테고."

나탈리가 고개를 저었다.

"아니에요. 모르시겠어요? 여기 지금 아주 수상하다고요. 이상한 냄새가 나요. 쇠 냄새 같은 냄새."

그때 지하실 계단이 눈에 들어왔다. 어두워서 잘 보이지는 않았지만, 계단 앞에 뭔가 있는 듯했다. 나탈리가 그 물체를 가리켰다. 미나는 권총집에서 권총을 꺼내 들고 나탈리에게 그 자리에서 움직이지 말라는 신호를 보냈다. 그러고는 지하실 문 앞에 가서 손전등 불빛을 아래로 비추며 쪼그려 앉았다. 나탈리의 귀에 엄마가 이상한 소리를 내는 것이 들려왔다.

"거기 그대로 있어!"

미나가 힘주어 말했다.

"여기로 오지 마! 그 자리에 꼼짝 말고 있어. 내가 금방 다시 갈 테니까."

미나가 지하실로 들어갔다. 하지만 나탈리는 무슨 일이 벌어졌는지 손전등 불빛으로 이미 알아봤다. 지하실 계단 앞에 할아버지가 엎드려 있었다.

"할아버지!"

아이가 그에게 달려갔다.

발테르의 다리는 문 앞에 있고 상체는 계단 아래쪽으로 늘

어져 있었다. 계단을 내려가다가 넘어진 듯한 모습이었다. 그는 미동도 하지 않았다.

"할아버지가 머리를 부딪친 거예요? 다치셨어요? 심근 경색일까요? 제가 듣기론……."

피였다. 나탈리가 입을 다물었다. 머리 아래쪽에서 나온 피가 계단 아래로 뚝뚝 떨어졌다. 아이는 본능적으로 몇 걸음 뒤로 물러났다.

"나탈리."

엄마가 피를 밟지 않게 조심하면서 성큼성큼 걸어 계단을 올라왔다. 그리고 나탈리의 어깨에 양손을 올리고 현관문 쪽으로 밀었다.

"나탈리, 나를 봐."

아이는 정신을 집중하기 어려웠다. 눈앞에 할아버지가 쓰러져 있지 않은가.

"나탈리, 나를 보라고."

나탈리는 그 말에 따라 엄마 눈을 바라봤다. 엄마의 이런 모습은 처음이었다.

"할아버지는 돌아가셨어."

엄마가 분명하고 또렷하게 말했다.

"사고가 아니야. 살해당하셨어. 오래전에 일어난 일이 아니고 기껏해야 30분 전쯤이야. 네가 맡은 건 화약 냄새였고.

우리가 오는 길에 살인범을 지나쳤을지도 몰라."

"아빠는요?"

나탈리가 울음을 삼키며 물었다.

"아마 지하실에 있었을 거야. 아래에서 매트리스를 봤어. 하지만 아빠는 지금 거기 없어. 할아버지를 살해한 사람이 아빠를 데려간 게 분명해."

*

석 달. 아빠 없는 석 달. 아무도 아이에게 말해 주지 않았지만 아이는 그들의 눈빛을 보고 뭔가를 알았다. 지상으로 올라갈 때마다 아이는 아빠를 찾았다. 오늘은 정말로 아빠를 봤다고 생각했다. 숱이 많은 아빠의 머리카락과 갈색 가죽 재킷을 봤다. 아이가 달려가서 소매를 잡아당겼지만, 뒤로 돌아선 남자는 아빠가 아닌 다른 사람이었다.

석 달.

지금까지 아빠가 가장 길게 자리를 비운 기간은 두 달이었다. 하지만 사실은 이미 그 전에, 아직 이곳에 있을 때에도 떠난 것이나 다름없었다. 아빠는 침묵 속으로 가라앉았다. 아이가 닿을 수 없는 장소로 물러나 버렸다. 아이는 그곳으로 따라가려고 했다. 어둠은 눈물을 용납하지 않으므로 아이는 평소에 절대 울지 않았다. 하지만 아빠가 사라지기 전 일주일에는 더 이상 눈물을 참을 수 없었다. 그래도 아빠는 계속 침묵했다. 아빠의 손은 이제 더는 따뜻하지도, 강하지도 않았다. 그는 아이의 손을 만지지도 않았다. 그래서 아이가 직접 아빠 손을 잡았지만, 그것은 아빠의 손처럼 느껴지지 않았다.

"이것 좀 봐! 나는 와아아아앙이다!"

며칠 전에 나타난 어떤 남자가 아빠의 왕관을 자기 머리에 썼다. 그는 바보처럼 빙빙 돌고 춤을 추면서 사람들을 웃기려고 했다. 그러나 아무도 웃지 않았다.

아이는 갑자기 귀에서 쏴 하는 소리가 날 만큼 분노가 치솟았다. 생각할 겨를도 없이 고함을 지르며 바짝 마른 그 마약 중독자에게 달려들어 그를 바닥에 눕혔다. 그리고 머리에서 왕관을 벗겨 품에 안았다. 남자가 천천히 몸을 추스르고 일어났다. 그의 눈이 위협적으로 번뜩였지만 아이는 신경 쓰지 않았다. 아빠의 왕관을 다시 찾았으니 두렵지 않았다.

"내가 당신이라면 큰일 생기기 전에 알아서 꺼질 텐데."

미치광이 톰이 차분한 목소리로 말했다. 다른 사람들도 하나둘 몸을 일으켰다. 뭔가 행동을 하는 사람은 없었다. 말을 하는 사람도 없었다. 그들은 그저 그 남자를 빤히 보기만 했다. 그럼에도 남자는 그들이 하고자 하는 말을 알아들었다. 그는 기분 나쁜 표정으로 자기 가방과 침낭을 들고 성큼성큼 걸어 그 자리를 떠났다.

"여기 무슨 일이야?"

아빠 목소리였다. 아이는 순간 자신의 귀를 의심했다. 손에 들고 있는 왕관 때문에 망상이 일어난 건가? 아이가 몸을 돌렸다. 정말로 아빠가 거기 서 있었다. 그러나 이제 더는 왕이 아닌 왕이었다. 그는 자기 자신의 그림자에 불과했다. 무너진 얼굴에서 광대뼈가 툭 튀어나왔고 몸은 갈색 재킷에 파묻히다시피 했다.

"이리 줘."

아빠가 왕관을 향해 부드럽게 손을 내밀었다.

아이는 아빠에게 천천히 왕관을 건넸다. 평소에 늘 그랬듯이 던져 주려고 했지만 무슨 이유에서인지 그러지 못했다. 뭔가 다르고 낯설었다. 아이가 알던 아빠의 모습은 찾을 수 없었다. 불빛에 반짝이던 눈은 흐릿하게 죽어 있었다.

"작별하려고 왔어."

그가 살짝 몸을 숙였다.

비비안이 그들에게 다가가려고 했지만 미치광이 톰이 막았다. 아이가 이해하지 못하는 일이 벌어지고 있었다.

아빠가 가볍게 손을 올려 왕관을 머리에 썼다. 손을 떼자 왕관이 황금색으로 반짝였다. 그가 왕관을 쓴 채 그들에게로 고개를 돌렸다. 그리고 양팔을 활짝 벌렸다. 예수상과 비슷한 모습이었다. 머리에 쓴 왕관이 가시관 같았다.

"내가 착각했어. 그녀가 옳았지. 지금 이건 삶이 아니야. 그녀와 함께하는 것만이 진짜 삶이야. 삶은 햇빛 속에서만 존재해."

"그러지 마. 아이를 생각해야지."

비비안이 달래듯이 말했다.

아줌마가 지금 무슨 말을 하는 걸까? 아이는 머리가 깨질 것 같았다. 이곳에서 벌어지고 있는 일을 도무지 이해할 수가 없었다. 그때 비비안이 그에게 왔다. 그리고 등 뒤에 서더니 아이 가슴에 팔을 둘렀다. 부드럽게 껴안는 것이 아니라 꼭 붙잡는 것 같은 느낌이었다.

아빠가 천천히 뒤로 물러섰다. 머리에 반짝이는 왕관을 쓴 채. 열차가 다가오는지 땅바닥이 흔들렸다.

아이는 계속 아빠를 바라보며 비비안의 품에서 빠져나오려고 몸을 비틀었다. 하지만 그녀는 아이를 더 세게 안았다.

"내가 널 사랑한다는 걸 잊지 마."

아빠가 아이에게 말했다.

한순간 아빠의 눈이 예전처럼 반짝였다. 그러다가 다시 어두워지더니 텅 비어 버렸다.

땅이 더 심하게 흔들리고, 지하철이 달려오는 소리가 들려왔다. 아빠가 선로 한가운데에 섰다. 저기서 나와야 하는데.

아이는 고함을 지르려고 했지만 소리가 나오지 않았다. 아

무 소리도 나오지 않았다. 비비안은 아이가 숨을 쉬지 못할
정도로 꼭 껴안았다. 아빠가 다시 말했다.

"엄마에게 네 이야기를 다 전해 줄게."

지하철 소리가 점점 커졌다. 둘의 시선이 마주쳤다. 아빠
의 눈에서 아주 작은 불씨가 타올랐다. 어쩌면 그저 왕관에서
반사된 빛인지도 모른다. 이제 지하철이 보였다. 아빠가 아이
에게서 눈을 떼지 않은 채 양팔을 들어 올렸다. 그 순간 둘은
서로 녹아들어 영원히 연결됐다. 그리고 아빠가 사라졌다. 쾅
부딪치는 소리가 나고, 브레이크가 새된 비명을 질렀다. 지하
철이 서서히 멈췄다. 정적이 찾아왔다.

적막뿐이었다.

비비안이 아이를 놓았다. 그러고는 아이를 자기 쪽으로 돌
려세우고 양손으로 아이의 얼굴을 잡았다.

"넌 이제 큰 아이가 되어야 해."

그녀가 다정하게 말했다.

"우리를 믿어. 너는 우리 왕자야. 왼쪽 터널로 가서 내가 널
데리러 갈 때까지 기다리렴. 약속할 수 있겠니?"

아이는 고개를 끄덕였다. 사람들이 뭘 하려는지 알 수 없었
다. 그게 뭐가 됐든 알고 싶지도 않았다. 오직 아빠가 떠났다
는 것만이 중요했다. 다른 어떤 것에도 관심이 없었다.

아이가 천천히 왼쪽 터널로 향했다.

왕이 죽었다.

*

율리아는 정신을 집중하며 눈 덮인 브롬마의 도로를 빠르게 달리는 아담의 옆모습을 가만히 바라봤다. 상황이 이렇게 심각하지 않았다면 길가에 차를 세우라고 하고 당장 그에게 올라타고 싶었다. 경찰도 제복 입은 사람을 좋아한다는 사실을 사람들은 전혀 모른다. 하지만 지금은 섹스를 할 시간이 없었다. 일단 스웨덴 언론과의 레이스에서 이겨야 했다.

율리아가 법무부의 토르와 이야기를 마치자마자 기자들이 전화를 걸어왔다. 비밀을 지킬 줄 모르는 경찰이 참 많았다. 전직 대법원 판사, 게다가 실종된 법무부 장관의 아버지인 인물이 살해됐다는 소식은 빛의 속도로 퍼져 나갔다.

발테르의 죽음은 한동안 니클라스 소식으로 머리기사를 채울 신문들이 입맛을 다실 만한 먹잇감이었다. 아마 기자들이 떼를 지어 에펠비켄 집으로 몰려가고 있을 것이다. 율리아와 아담과 토르처럼.

발테르 스토켄베리의 집에 도착한 아담은 미나의 차 뒤에 주차했다. 율리아는 그에게 차에서 기다리라고 하고는 의미심장한 눈길로 그를 바라본 후 차에서 내렸다. 미나는 딸을 품에 안고 현관문 앞 계단참에 앉아 있었다.

"일단."

율리아가 뛰다시피 그들에게 다가가며 말했다.

"얘가 당장 여길 떠나야 해."

그러면서 나탈리를 가리켰다.

"법무부 장관의 딸이 우는 모습이 내일 모든 타블로이드 신문에 실리는 걸 피하고 싶다면 말이야."

나탈리는 미나의 품을 벗어나 어리둥절한 표정으로 물었다.

"신문이라뇨? 우린 경찰하고만 얘기했어요."

"사진 기자와 화질 좋은 휴대폰 카메라를 든 기자들이 지금 여기로 오고 있다는 뜻이야."

율리아가 대답했다.

"아담이 차에서 기다리고 있어. 그가 널 데리고 여길 빠져나가서 엄마가 집에 갈 때까지 함께 있을 거야."

나탈리가 일어났다. 다리가 후들거렸다. 미나는 아이에게 고개를 끄덕인 후에 아이 손을 잡고 말했다.

"최대한 일찍 갈게. 약속해."

나탈리가 경찰차로 향했다. 조수석 문을 열면서 다시 한번 몸을 돌려 할아버지 집을 마지막으로 바라보았다. 흐느낌이 터져 나왔다. 아이가 차에 오르자 타이어가 요란한 끼익 소리를 내며 출발했다.

율리아가 눈 덮인 정원의 사과나무를 쳐다보는 미나를 바라보았다.

"여름이면 늘 이곳에서 아버님, 어머님과 평화롭게 커피를 마셨던 게 거짓말 같아."

미나가 말했다.

"저기 정원 가구들은 여전히 그때 그대로야."

이제 겨우 오후였지만 정원에는 이미 어둠이 내려앉았다. 12월은 어떻게 견뎌야 할까. 해가 제대로 떠오르기도 전에 지는 느낌이었다. 그래도 율리아는 여름날 저녁에 이곳이 얼마나 소박하고 아름다울지 상상할 수 있었다. 미나의 눈가가 축축해진 것이 보였다. 그러나 울지는 않았다. 눈물은 나중으로 미루었으리라. 지금은 둘 다 근무 중이었다.

"니클라스 장관님이 여기 있다는 걸 알게 된 경위는 토르가 알려 줬어. 아주 똑똑한 딸을 뒀네."

율리아가 말했다.

"니클라스에게 본인이 갑자기 사라진 이유를 직접 해명하라고 할 생각이었어."

미나가 율리아를 바라봤다.

"아이가 아빠 때문에 엄청나게 걱정했거든. 우린 니클라스가 자기 아버지 집에 있으면 안전할 거라고 생각했어. 언론이 난리를 피우기 전에 그가 경찰과 의논하기를 바랐지. 여기서 이런 일이 벌어질 줄 어떻게 알았겠어. 그는 그저 아름다운 브롬마의 아버지 집에 있었을 뿐인데."

"그가 지금 어디 있을지 짐작 가는 곳이 있어?"

미나는 고개를 저었다.

"내가 집 전체를 수색했어. 그 사람은 여기 없어. 지하실은 엉망이고. 그가 지금 어디에 있든, 자발적으로 간 게 아니야. 여태까지 누군가 그를 납치했다고 짐작한 건 오해였는지도 모르지만 지금은 납치된 게 확실해. 아버님은 범인에게 어떤 식으로든 방해가 되었던 거고."

도로와 정원을 가르는 낮은 울타리 뒤쪽에 차가 한 대 섰다.

"토르일 거야."

율리아가 차를 가리키며 말했다. 바로 다음 순간 차 문이 모두 열리더니, 정말 토르와 그의 측근들이 차에서 내렸다. 그가 미나에게 고개를 끄덕이고 재킷 아래의 셔츠 깃을 매만진 다음 두 사람에게 다가왔다.

"이제 곧 언론이 들이닥칠 거야."

율리아가 다정한 말투로 말했다.

"하지만 넌 그들을 상대할 필요 없어. 알았지? 내가 맡을게. 그리고 이제 그 차가운 돌계단에서 좀 일어나. 그러다 죽겠어."

*

아담이 전화로 전해 준 소식은 아주 짧았다. 그래도 빈센트는 무슨 일이 벌어졌는지 잘 알아들었다. 나탈리의 할아버지, 미나의 전 시아버지가 사망했다.

미나가 집에 올 때까지 나탈리와 함께 있어 줄 수 있는지 아담이 물었고, 빈센트는 바로 그러겠다고 대답했다. 아담은 나탈리를 빈센트가 있는 튀레쇠로 데려다주겠다고 했지만, 그건 아주 안 좋은 아이디어였다. 그의 집은 언제라도 문이 잠길 수 있는 덫이었다. 그래서 빈센트는 그 대신 자기가 미나와 나탈리의 집으로 가겠다고 제안했다. 게다가 나탈리도 그곳에서 가장 안전하다고 느낄 터였다.

빈센트는 곧바로 출발해서 아담과 나탈리보다 먼저 미나의 집에 도착했다. 그리고 밖에서 추위를 견디며 두 사람을 기다렸다. 미나가 없을 때 그 집에 들어간 적은 없었다. 주인 없는 집 앞에 서 있는 것만으로도 마치 침입자가 된 것처럼 느껴졌다. 그리고 이제 미나에겐 가족이 있었다.

그와는 달리.

가족을 떠올리니 걱정으로 의식이 마비되는 느낌이었다. 애써 가족 생각을 떨쳐 냈다. 아무것도 하지 못하니 정신이 나갈 것만 같았다. 그림자가 뭘 원하는지 최소한 그것만이라도 알고 싶었다. 하지만 미친 사람들의 생각과 계획은 예측이 불가능했다. 경찰서 꼭대기에 서서 큰 소리로 도와달라고 외

치고 싶었다. 경찰에 알리지 말라는 협박만 아니었다면. 그는 그 위협을 진지하게 받아들였다. 경찰에 알리면 좋지 않은 결말을 맞게 될 것이 분명했다. 그러니 그림자가 다시 연락해 올 때까지 기다리면서 다른 일에 정신을 돌리고 있을 수밖에 없었다. 그는 그림자가 자기 가족을 잘 대해 주기만을 바랐다.

경찰차 한 대가 모퉁이를 돌아왔다. 처음엔 차에 타고 있는 사람이 아담과 미나인 줄 알았는데, 가까이에서 보니 미나가 아니라 나탈리였다. 나탈리는 정말 점점 더 엄마를 닮아 갔다. 적어도 외모는 그랬다.

차가 멈춰 서자 그가 나탈리 쪽 문을 열어 줬다.

"빈센트, 고마워요. 나는 바로 경찰서로 돌아가야 해서요."

아담이 차 안에서 소리쳤다.

"그럼, 그래야죠. 나랑 나탈리는 미나가 올 때까지 여기 있을게요."

나탈리가 조용히 차에서 내렸다. 아파트 현관으로 가면서도 여전히 말이 없었다. 계단을 오르면서도 그랬다. 빈센트는 나탈리를 재촉해서는 안 된다는 것을 알고 있었다. 아이의 머릿속은 지금 무척이나 복잡할 것이다. 그는 상황이 나빠지지 않게 지켜보는 수밖에 없었다.

두 사람은 집 안으로 들어갔다. 나탈리는 신발과 재킷을 벗고 거실로 가서 소파에 꼿꼿하게 앉아 벽을 노려봤다. 빈센트가 그 옆에 앉았다.

"소름 끼쳐요."

아이가 떨리는 목소리로 말했다.

그리고 다시 침묵했다.

빈센트는 그저 기다렸다.

"할아버지는 본인 집에 계셨어요."

나탈리가 흐느끼기 시작했다.

"집은 안전해야 하는 곳 아닌가요? 누가 갑자기 여기로 처들어와서 우리를 죽여 버린다고 생각해 보세요. 어떻게 이런 일이 있을 수 있죠? 누가 할아버지를 그렇게 했을까요? 세상에서 제일 좋은 할아버지인데. 물론 아주 엄할 때도 있었지만 정말 좋은 분이셨어요."

빈센트는 고개를 끄덕였다. 집에 침입자가 들어오는 것은 트라우마가 생길 만한 사건이다. 그는 익숙한 장소가 더는 보호막이 되어 주지 않을 때 어떤 느낌인지 정확하게 알고 있었다. 지금 나탈리에게 필요한 것은 안전감이었다.

"발테…… 그러니까 네 할아버지를 해친 사람은 평범한 도둑이 아니었을 거야."

그가 말했다.

"아마 네 아버지를 노렸겠지. 네 아버지에게 주변 사람들이 알던 것보다 더 위험한 적들이 있었나 봐."

나탈리가 계속 흐느끼다가 물었다.

"아빠가 그저 법무부 장관이라는 이유로요? 말도 안 돼요."

"어쩌면 다른 이유가 있을지도 몰라. 명함을 누가 보냈는지는 아무도 모르니까."

"그런 말을 하면 제 마음이 안정될 것 같으세요?"

아이는 입술을 찌푸렸다.

"아저씨는 사람을 안심시키는 법을 모르나 봐요. 그렇죠?"

빈센트가 웃음을 터트렸다.

"지금보다 더 멍청했던 적도 있어. 언젠가 네 엄마를 위로해 줘야 할 일이 있었는데, 그땐 구글에 위로하는 방법을 검색했었지."

"아저씨는 참 괴짜예요."

나탈리가 소파 구석에 쪼그리고 앉았다.

"아빠가 빨리 집으로 돌아왔으면 좋겠어요. 저 추워요."

"충격 때문이야."

빈센트가 말했다.

"한동안 혼란스럽고 우울할 거야. 하지만 그건 지극히 정상적인 반응이지. 다 지나가. 처음에는 그럴 것 같지 않겠지만 말이야."

그는 자리에서 일어나 잠시 망설이다가 미나의 침실에 들어갔다. 평소라면 절대 들어오지 않았을 테지만 위급 상황이니 어쩔 수 없었다.

"담요를 가져올게. 괜찮으면 한숨 자. 나중에 이야기하고 싶은 게 있으면 내가 들어 줄게."

나탈리는 힘없이 고개를 끄덕였다.

"잠깐만 쉴게요."

아이가 나지막하게 말했다.

빈센트가 미나의 담요를 가지고 거실로 돌아오자 나탈리는 이미 잠들어 있었다.

*

TV4와 SVT는 정원에 있는 율리아와 토르의 모습이 더 잘 찍히도록 서치라이트를 켰다. 휴대폰 카메라를 들고 있던 기자들도 조명이 더해지자 반가워했다. 오후 4시인데 벌써 날이 어두워졌다. 미나는 봄이 너무나 그리웠다. 눈 덕분에 조금 환해 보이기는 했지만, 12월의 어둠은 끔찍하게 싫었다.

하지만 지금은 어둠이 친구처럼 느껴졌다. 미나는 토르와 율리아 바로 뒤에 서 있었다. 함께 있기는 하지만 서치라이트 불빛이 미나를 비추지는 않았다. 미나에게 질문을 할 생각은 아무도 하지 않을 것이다. 즉석 기자 회견은 시작부터 불안했다. 미나는 기자들을 보고 피에 굶주린 개들을 떠올렸다.

"경찰이 완전히 실패했다고 해야 하는 것 아닙니까?"

TV4의 기자가 질문했다.

"처음에는 법무부 장관을 찾는 데 실패하고, 이제는 그의 아버지 발테르 스토켄베리 피습을 막지 못했습니다. 이 정도면 재난이에요. 누가 책임을 지죠? 경찰은 이제 어떻게 할 생각입니까?"

"안타깝지만 저희에게 타인의 행동을 예견할 능력은 없습니다."

율리아가 한마디 하고는 잠시 말을 멈추었다.

"저희가 타인의 생각을 읽을 수 있다면 모든 것이 훨씬 간단해지겠지요. 하지만 인간의 행동은 예측이 불가능합니다."

그리고 다시 입을 다물었다.

미나는 이 전술을 알고 있었다. 그녀의 상사는 말하기 싫은 정보를 전하기 전에 항상 잠깐 말을 쉬었다. 하지만 굶주린 패거리에게는 최소한 뼈다귀 한 조각이라도 던져 줘야 했다.

"상황이 매우 심각합니다."

율리아가 다시 말을 이었다.

"지금까지 언급하지는 않았지만, 법무부 장관이 협박을 받았을 것으로 추정되는 근거가 있습니다. 그는 아마 이 이유에서 몸을 숨긴 듯합니다. 그러나 그의 아버지도 위험했다는 사실은 인지하지 못했습니다. 판단에 착오가 있었습니다. 저희는 현 사태를 철저하게 규명하기 위해 내부 조사를 시작할 겁니다."

기자들이 웅성거렸다. 휴대폰을 마이크로 사용하는 한 여성이 사람들을 헤치고 앞으로 나왔다. 휴대폰 케이스에 《아프톤블라데트》로고가 붙어 있었다.

"미나 씨에게 질문이 있습니다."

그녀가 목소리를 높였다.

"뒤에 있는 사람이 미나 다비리 씨 맞죠?"

미나는 그대로 얼어붙었다. 기자가 규정을 어겼다. 기자 회견을 하는 사람은 율리아였고, 그래서 질문은 그녀에게 해야 했다. 미나는 질문에 대답할 이유가 없었다. 그러나 그 기자는 미나를 똑바로 바라보며 싸늘하게 히죽거렸다.

"그 협박이 당신과 딸에게도 해당하나요? 니클라스 스토켄베리는 당신의 전남편이고, 두 사람은 아이가 있잖아요. 어떤가요? 이런 상황에서도 이성적으로 일할 수 있겠습니까? 딸은 불안해하고 있나요?"

그러자 사방에서 미나에게 질문이 쏟아졌고, 카메라는 그녀를 향했다. 미나 눈에는 서치라이트와 플래시 불빛만 보였다. 미나는 수많은 자동차가 쉬지 않고 달리는 도로에 서 있는 노루가 어떤 느낌일지 깨달았다. 도망칠 곳이 없었다. 그녀는 그저 움직이지 않고 가만히 서 있었다.

"주목해 주십시오!"

토르가 소리쳤다. 그는 큰 소리로 헛기침을 하고 목소리를 더 높였다.

"주목해 주세요! 언론인으로서 전문성 있는 태도를 보여 주십시오. 그렇지 않으면 기자 회견을 바로 끝내겠습니다."

카메라 여러 대가 그가 있는 쪽으로 돌아갔다.

"첫 번째 질문에 대답해 드리죠. 아닙니다. 경찰이 실패한 게 아니에요."

그가 말을 이었다.

"이건 '정치적' 실패입니다. 경찰은 제한적인 상황에서 최선을 다했습니다. 저 개인적으로도 이런 한계가 있음을 진심으로 안타깝게 생각합니다. 뭔가 달라져야 합니다. 이런 일이 일어나는 사회는 더 이상 용인될 수 없습니다. 폭력과 몰상식이 확산하고 있습니다. 여러분도 아시다시피 이제 이런 사건은 도시 외곽 지역에서만 일어나지 않습니다. 그리고 경찰은 이런 상황 앞에 무력했습니다. 여러분 말이 옳아요. 하지만 이는 우리 사회의 무력함입니다. 법치 국가 스웨덴이 자유 낙하하고 있는 겁니다."

"그게 법무부의 입장입니까?"

SVT 기자가 눈썹을 치켜세우고 물었다.

"아닙니다."

토르가 대답했다.

"저는 지금 니클라스 스토켄베리의 언론 대변인이 아니라 한 사람의 정치인으로 이곳에 있습니다. 원래는 아직 이런 역할을 맡을 생각이 없었지만, 저의 좋은 친구이기도 한 법무부 장관이 고초를 겪는 것을 보니 달리 어쩔 도리가 없군요. 저 말고는 행동하는 사람이 없으니까요. 반년 전에도 장관에 대한 습격이 있었습니다. 우리 모두 스웨덴의 많은 정치인이 이렇게 희생되었음을 알고 있지 않습니까. 이제는 멈춰야 합니다."

그곳에 자리한 언론인들이 또 요란하게 웅성거렸다. 토르는 TV4 방송국의 기자를 가리켰다. 그 방송국의 카메라맨이 가장 밝은 조명을 달고 있었다.

"좋은 말씀입니다."

기자가 말했다.

"하지만 국민들이 그런 말을 처음 듣는 게 아니죠. 다른 정치인들도 같은 말을 했습니다. 당신은 말을 행동으로 옮길 계획이 있습니까?"

"저에겐 있습니다."

토르가 대답했다.

"제가 의회에서 목소리를 내게 되면, 물론 당연히 그럴 생각입니다만, 그때 스웨덴 국민에게 자세히 설명할 겁니다. 여러분도 아시게 될 거고요."

"하지만 당신은 의회에 의석이 없지 않습니까?"

같은 기자가 말을 이었다.

"아직은요."

어두운 정원에서 모든 서치라이트가 토르를 향했다. 미나는 그의 뒤쪽에 비켜서 있어 뒷모습밖에 보이지 않았지만, 그가 자신에게 쏠리는 관심을 더할 나위 없이 즐기고 있다는 사실은 확실하게 알았다.

*

아버지가 더 이상 세상에 없다면 어떤 느낌일까. 그는 전혀 상상할 수 없었다. 그가 기억하는 한 발테르는 일종의 원초적인 힘이자 모든 것을 지켜보고, 모든 것을 판단하는 존재였다. 또한 그를 사랑하기도 했다.

지금 니클라스의 머릿속에서는 아버지가 그에게 사랑을 보여 주었던 순간들이 그 어느 때보다 또렷하게 되살아났다. 아버지는 그에게 안정감을 선물했고, 아무도 빼앗을 수 없는 것들을 가르쳐 줬다.

하지만 이제 발테르를 빼앗겨 버렸다. 그의 귀에서 아직도 총소리가 울렸다. 눈앞에 여전히 핏물이 보였다. 그 모습이 망막에 영원히 각인됐다. '영원히'라는 말은 앞으로 얼마나 지속될까. 자동 응답기 멘트에 따르면 이제 닷새 남았다.

살날이 이제 닷새밖에 남지 않았다.

니클라스의 등줄기로 소름이 끼쳤다. 그의 재킷은 아버지 집 지하실에 두고 온 바람에 그는 지금 면바지에 얇은 셔츠 차림이었다. 냉기와 습기가 옷 속으로 파고들었다. 체온을 유지하려고 제자리 뛰기를 하는데 자갈 사이에서 뭔가가 바스락거렸다. 그게 뭔지 상상하고 싶지 않았다.

니클라스는 많은 것을 후회했지만, 한편으로는 아무것도 후회하지 않았다. 지금 이 시점까지 그는 늘 가장 현명한 선택을 했다. 자신의 삶에서 진정 최고의 결과물을 만들어 냈다.

그는 나탈리와 미나가 함께했던 저녁 식사를 떠올렸다. 겨우 일주일 전의 일인데 먼 옛날처럼 느껴졌다. 그는 오랫동안 그런 자리가 가능할 거라고는 생각지도 못했었다. 그럼에도 결국 셋은 한 식탁에 앉았다. 마치 가족처럼.

그는 세 사람이 다시는 전통적인 의미의 가족이 될 수 없다는 사실을 잘 알았다. 그러기에는 너무 많은 일이 있었다. 그뿐 아니라 미나도 달라졌다. 그들이 함께 살 때와는 다른 사람이 됐다. 그렇지만 그는 자신과 미나 사이에 아직 사랑이 존재한다는 것을 아주 또렷하게 느꼈다. 그건 다른 종류의 사랑이었다. 그리고 흔들리지 않는 그 사랑의 중심은 나탈리였다. 나탈리가 그들을 영원히 묶어 놓을 터였다.

그는 그렇게 생각했었다.

그땐 순진하게도 딸의 삶에서 맞이할 아름다운 사건들을 보며 기뻐할 시간이 평생 있을 거라고 믿었다. 진실을 밀어내는 것은 편리하지만 멍청했다.

많은 것을 놓치게 될 것이다. 나탈리의 첫 연인을. 처음 맞는 실연을. 대학 입학 시험을. 아이가 어떤 과목을 전공하고 어떤 직업을 갖게 될지를. 인생의 동반자를, 결혼식을, 딸의 아이를, 삶의 조각보를 이루는 온갖 일들을. 그는 자신이 이 모든 일을 당연히 목격할 거라고 여겼었다. 그러나 이제는 나탈리 옆에 엄마만이라도 있어 주기를 간절히 바랐다.

그는 자신이 지금 있는 장소에 어떻게 왔는지도 알지 못했다. 뭔가 따끔하고 피부에 불이 붙은 것 같더니 눈앞이 캄캄해졌다. 옆에 쓰러져 있는 휠체어를 보니 어떻게 옮겨졌는지는 짐작이 갔다.

적어도 지금 있는 곳이 어딘지 어렴풋하게 추측할 수는 있었다. 닫힌 문 바깥에서 벼락 치는 듯한 소리가 들리자 바로 깨달았다. 그러나 탈출구는 없었다. 그때 그는 자신의 운명을 직접 선택했었다. 그리고 이제 대가를 치를 시간이었다. 단지 그 대가가 갑자기 너무 커 보인다는 것이 문제였다.

*

율리아는 언론의 야단법석에 나가떨어져서 재킷을 벗을 힘도 없었다. 아버지 책상 앞에 놓인 방문객용 의자에 털썩 주저앉아, 이마에 깊은 주름이 잡힌 채 사무실을 이리저리 거니는 아버지를 망연자실한 표정으로 쳐다봤다.

"점점 더 단단하게 조여 오는 나사 바이스에 들어간 것 같은 느낌이다."

아버지가 말했다.

"법무부 장관 실종만으로도 끔찍한데 발테르 사건까지……. 이제 곧 언론이 내 퇴임을 요구할 거야. 아니면 소수 정당의 어느 정치인이 카리스마 있는 지도자인 척 연기할 기회가 왔다고 생각할 테지. 장관들에게도 그런 일이 일어나는데, 나라고 안 당하겠어?"

"뭐가 필요한지 그냥 말씀하세요. 제가 뭐든 할 테니까요."

그가 사무실 한가운데에 멈춰 섰다.

"아주 간단해."

그러고는 율리아에게로 몸을 돌렸다.

"사건을 해결해라. 그게 다야. 내가 아는 바로는 니클라스 스토켄베리가 욘 랑세트의 살인을 연상시키는 협박을 받았다면서. 그리고 더 오래된 두 개의 사건과도 마찬가지고. 그런데 이 모든 상황을 알면서도 너희 팀은 지난번에 우리가 만났을 때에서 한 걸음도 나아가지 못했어."

율리아는 지난번에 만났을 때 아버지가 이 사건 뒤에 구스타프 브론스가 숨어 있다고 주장했었다는 말을 할까 고민하다가, 결국 그대로 입을 다물었다. 그냥 한숨을 쉬면서 창밖만 내다보았다.

아, 인생도 범죄 사건처럼 확실하다면 얼마나 좋을까. 유죄아니면 무죄. 살해당했거나 당하지 않았거나. 부부거나 부부가 아니거나.

"율리아?"

그녀가 아버지를 쳐다봤다.

"어떻게 지내니?"

아버지가 한층 부드러워진 어조로 물었다.

"내가 이런 얘기 자주 묻지 않는다는 거, 나도 안다. 그런데너희 집은 요즘 어때?"

바로 그게 문제였다. 율리아는 확실하게 대답할 수가 없었다.

그녀는 토르켈과 하뤼와 아담을 계속 생각했다. 어떤 때는자신이 원하는 게 뭔지 알았다. 하지만 바로 다음 순간에 마음이 바뀌었다. 토르켈과 내가 망가진 결혼 생활을 구할 수있을까? 나는 그걸 정말 원하나? 그리고 난 아담에게서 뭘 원하는 걸까? 섹스는 좋았다. 아니, 좋은 것 이상이었다. 엄청났다. 하지만 그것 말고는?

이 모든 생각이 몇 초 만에 머리를 스쳐 갔다. 평소에도 머릿속을 맴돌던 생각들이었다. 율리아는 자신이 어떤 결정을 내려야 한다는 사실을 잘 알았다. 하지만 어떻게 결정하든, 자신뿐 아니라 토르켈과 하뤼와 아담의 삶도 엄청난 영향을 받게 될 것이었다.

마치 그녀가 첫 번째 조각을 건드려 주기만 기다리고 있는 도미노 게임 같았다.

아버지는 여전히 궁금해하는 표정으로 율리아를 바라보았다.

"아버지가 저랑 제 팀원들을 신뢰하시는 거 알아요."

율리아는 대답을 피하려고 말을 돌렸다.

"저흰 해낼 거예요. 지금 저희가 전체적인 그림을 보지 못하는 것 같다는 건 저도 알죠. 하지만…… 하고 있어요. 저를 믿으세요."

전체적인 그림. 바로 그거다. 그게 필요했다. 다들 율리아가 전체적인 그림을 봐 주기를 바랐다. 늘 그렇게 해 왔으니까. 율리아는 차분했고, 통제력을 잃는 법이 없었다. 하지만 지금은 삶이 복잡해졌다. 어쩌면 좀 쉬어 가면서 잘 알지도 못하는 동료와 수다나 떠는 게 좋을지도 모른다. 아니면 글뢰그를 마시고, 크리스마스 과자를 냠냠 먹으며 남들에게 휴일을 어떻게 보낼 건지 물어본다든가. 그러나 율리아는 이 생각을 얼른 던져 버렸다. 일을 해야 했다. 사실과 증거와 목격자 진술이 뒤죽박죽 섞인 어딘가에 해답이 숨어 있었다. 확실했다. 늘 그랬으니까.

"좋다."

경찰서장이 말했다.

"내가 잘리면 너에게 직접 책임을 물을 거야. 그렇게 되면 내년 크리스마스 분위기는 아주 안 좋게……."

전화벨 소리에 그의 잔소리가 멎었다. 율리아의 휴대폰이었다. 화면을 보니 법의학연구소에서 걸려 온 전화였다. 그녀가 어떻게 할지 묻는 표정으로 아버지를 봤다. 그가 못마땅한 표정으로 고개를 끄덕이자 율리아는 전화를 받았다.

"안녕, 율리아."

수화기 저편에서 밀다의 목소리가 들려왔다.

"휴일 잘 보냈죠? 방해해서 미안한데, 확실하게 소식을 전하는 게 좋을 것 같아서요."

"무슨 일이에요? 아, 안부 인사 고마워요. 밀다도 휴일 잘 보냈길 바라요."

"음, 실은 로케가 오늘 출근을 안 했어요. 전화도 안 받고요."

"무슨 일이 있나 보죠. 몸이 아프다든가."

"다른 사람도 아니고 로케가요? 세상에서 제일 믿음직한 사람이에요. 여기서 일한 이후로 단 하루도 결근한 적이 없고, 2분만 늦어도 바로 연락해요. 그래서 로케가 어제 당신에게 따로 얘기한 게 있는지 물어보려고 전화했어요. 혹시 어디

간다고 하던가요? 내가 요즘 좀…… 정신이 없어서 로케가 뭔가 얘기를 했는데 못 들었을지도 몰라서요."

율리아는 이마를 찌푸렸다.

"나한테요? 난 어제 로케를 못 봤는데요."

"이상하네요. 어제 서류를 들고 당신을 만나러 간다고 했어요. 거기 안 갔다고요?"

전화기에서 날카로운 소리가 들렸다. 율리아는 귀가 찢어지는 소리에 전화기를 귀에서 멀리 떼었다.

"율리아, 미안. 잠깐 기다려요."

밀다가 갑자기 빠르게 말을 이었다.

"병원에서 내 개인 휴대폰으로 연락이 와서. 받아야겠다. 미안해요. 로케 소식 들으면 나한테 연락 줘요."

밀다는 율리아가 인사를 하기도 전에 전화를 끊었다. 경찰 서장이 율리아를 빤히 보며 물었다.

"무슨 일이야?"

"저도 잘 몰라요. 로케한테 무슨 일이 있나 봐요."

"너희 팀에 들어온 신입?"

"네. 오늘 출근하지 않은 모양이에요."

*

빈센트는 어제 미나와 교대한 뒤로 그녀에게서 아무 소식도 듣지 못했다. 미나가 그에게 더 있어 달라고 부탁하지는 않았지만 그게 이상한 일은 아니었다. 미나와 나탈리에게는 둘이 보낼 시간이 필요했을 테니까.

그때 이후로 빈센트도 미나에게 연락하지 않았다. 하지만 그게 미나를 생각하지 않았다는 뜻은 아니었다. 오히려 미나 말고 다른 건 생각할 수 없었다.

물속으로 가라앉고 있는 그에게 미나는 구명부표 같았다. 그러나 그녀에게 손을 뻗어 구해 달라고 부탁할 용기가 나지 않았다. 그런 부탁은 그 누구에게도 할 수 없었다.

그의 빈집에는 유령이 출몰했고, 그래서 저녁 시간은 되도록 집에서 보내고 싶지 않았다. 그는 생각을 다른 데로 돌리기 위해 숲을 산책하기로 마음먹었다. 그런데 옷을 잘못 챙겨 입은 듯했다. 몇 분 지나지 않아 그의 단화에는 눈이 가득 찼고, 하얗게 덮인 눈 아래 보이지 않는 나무뿌리에 걸려 몇 번이나 비틀거렸다. 그래도 두통은 없었다.

아무리 몸이 꽁꽁 얼고 넘어지기를 수없이 반복해도, 그는 최대한 오래 숲에 머물렀다.

하지만 늘어진 나뭇가지를 잡았다가 목덜미에 쏟아지는 눈 무더기를 맞고 나서는 결국 포기했다. 미나가 그의 이런 암울한 모습을 봤다면 아마 정신없이 웃었을 것이다.

숲에서 춥고 축축한 산책을 마친 후 오랫동안 뜨거운 물로 샤워를 했다. 그리고 위스키를 꺼냈다. 특별한 순간을 위해 보관해 두었던 아케시 싱글 몰트 피티드였다.

위스키 병과 잔을 들고, '크리스마스 선물' 타임라인이 여전히 벽에 걸려 있는 서재로 갔다. 위스키를 잔에 조금 따랐다. 아케시는 균형 잡힌 맛이었고, 분자 구성과 맛의 관계를 최적화하기 위해 물을 탈 필요가 없는 몇 안 되는 위스키 중 하나였다. 그는 벽에 걸린 협박 메시지에 눈이 가지 않도록 술잔만 빤히 노려봤다.

세 잔을 마신 후 시계를 봤다. 9시 반이었다. 그는 고개를 저었다. 시간이 어쩌면 이렇게 빨리 흘러갈까? 몇 시간이나 여기 앉아 있었다는 사실이 전혀 믿기지 않았다. 이성만 잃어버린 게 아니라 시간 감각도 잃은 모양이었다.

그래도 발테르 사건 업무를 방해하는 일 없이 미나에게 연락할 수 있는 시간이었다. 그는 휴대폰을 들었다.

안녕. 저녁 내내 당신을 생각했어요.

첫 단어만 빼고 모두 삭제했다. 내가 도대체 왜 이러지?

안녕. 당신과 나탈리가 걱정돼서요. 그 대신 이렇게 썼다. 그리고 덧붙였다. 나탈리가 이제 어느 정도 안정되었길 바라요. 시간 나면 연락 줘요.

문자를 보내고 자리에서 일어났다. 사방이 빙빙 돌았다.

오늘 알코올이 잘 안 맞는 듯했다. 저녁을 좀 먹는 편이 좋았을 텐데. 아니면 아침이라도 먹었더라면. 곰곰이 생각해 보니 지난 24시간 동안 아무것도 먹지 않았다. 뭔가 먹어 두었어야 했는데.

빌어먹을.

이제 너무 늦었다. 식욕이 없었다. 그는 떨리는 다리로 침실로 가서 침대에 길게 누웠다. 손에 든 휴대폰이 삑삑거렸다. 미나가 답장을 보냈다.

여전히 빌어먹을 상황이에요. 니클라스는 아직도 실종 상태고, 나탈리 할아버지는 돌아가셨고. 하지만 나탈리는 괜찮아졌어요. 씩씩한 아이예요. 내일 아침 일찍 경찰서에서 만날까요? 협박 편지를 가지고 와요. 당신이 어떤 말로 반대할지 알지만, 이번만큼은 나를 믿어야 해요.

미나에게 묻고 싶은 질문이 수백 개는 있었다. 나탈리의 할아버지 사건은 어떻게 됐는지, 미나의 기분은 어떤지, 혹시 자기가 필요한지. 특히 마지막 질문을.

당신, 내가 필요해?

하지만 그런 질문은 하지 않았다. 그저 최대한 일찍 가겠다고, 잘 자라고 답장을 보냈다. 그런 다음 눈을 감고 선잠에 들었다.

얼마 지나지 않아 소음이 빈센트를 깨웠다. 협탁의 알람 시계가 계속 울렸다. 알람을 껐다. 22시 19분이었다. 그는 자신이 알람을 맞춘 게 아니라는 것을 확실하게 알았지만, 이제 놀랄 힘도 없었다. 그림자가 그를 마음대로 끌고 다니며 그가 이 모든 상황을 알아챌 때까지 장난을 칠 모양이었다.

고개를 옆으로 돌려 침실 창밖을 내다봤다. 평소와 달리 구름이 걷히고 달이 환하게 빛났다. 정원의 눈이 마치 스스로 빛을 내는 것처럼 반짝였다. 아름다운 풍경이었지만 약간 두렵기도 했다. 달과 나무는 그에게 전혀 관심이 없었다. 달은 그의 가족이 실종된 것에 신경 쓰지 않았다. 창 너머 바깥세상은 빈센트 발데르와는 전혀 상관없이 계속 존재할 터였다.

눈 덮인 잔디밭에 두 개의 그림자가 앉아 있었다. 달빛에 깃털까지 보였다. 까마귀들이 돌아왔다. 이유는 알 수 없지만 빈센트는 새들이 돌아올 거라고 이미 예상했었다. 지난번처럼 이번에도 두 마리뿐이었다. 저번보다 더 멀리 떨어져 앉아 있는 새들은 마치 세 친구가 돌아와 그들 사이에 앉기를 기다리는 듯했다.

새가 아니었다면 그는 누군가가 자기에게 암호화된 메시지를 보내는 거라고 짐작했을 것이다. 하지만 거기 있는 것은 새들이었다. 저들은 서로 의사소통을 할 수 없다. 어쨌든 암호화된 의사소통은 못 한다. 빈센트는 한숨을 내쉬며 다시 돌아누웠다. 22시 25분. 그는 이날 밤 전혀 눈을 붙이지 못하리라는 것을 알았다.

4일 전

빈센트는 경찰서에 막 들어가려다가 이쪽으로 다가오는 율리아를 보았다. 해가 뜨려면 아직 두어 시간 남았지만, 흐릿한 가로등 빛이 닿는 곳에서는 하얀 눈이 반짝였다. 율리아는 무척 우울한 표정이었다. 눈 아래엔 다크서클까지 있었다. 빈센트는 그녀를 기다렸다가 인사를 건넸다.

"좋은 아침이에요. 행복한 크리스마스 다다음 날 휴일을 보내길 바라요."

"좋은 아…… 방금 그거, 직접 생각해 낸 거예요? 이제 크리스마스라면 지겨워요."

율리아가 그를 쳐다봤다.

"전혀 아니거든요."

그가 욕설이라도 들었다는 듯이 대꾸했다.

"1772년에 공휴일 개혁이 있기 전까지는 이날도 공휴일이었어요. 넷째 날도 마찬가지였고요."

두 사람은 건물로 들어가 검색대를 지났다. 로비는 텅 비어 있었다. 입장 허가를 기다리는 학생들도, 종이컵을 들고 추위에 떨며 게시판 앞에 서 있는 경찰도 없었다. 그들은 하품을 하고 있는 접수처 직원에게 손을 흔들었다.

"아주 이른 시간에 왔네요."

율리아가 빈센트에게 말했다.

"오늘 올 줄은 몰랐어요. 휴일에 이렇게 오래 집을 비우면 가족들이 뭐라고 하지 않아요?"

그는 하마터면 모든 걸 털어놓을 뻔했다. 자신이 왜 집에 있기 싫어하는지 누군가에게 설명하고 싶었다. 집에 있을 때 가장 심해지는 두통에 대해 이야기하고 싶었다. 공포스러운 거실 벽 이야기를 하고 싶었다. 무엇보다도 실종된 가족, 그가 받은 협박, 앞으로 무슨 일이 일어날지 모른다는 끔찍한 불안감을 말하고 싶었다.

"미나와 약속이 있어서요."

그러나 빈센트는 그저 이렇게만 대답했다.

그것도 사실이니까.

"그 질문은 내가 해야 되는 거 아니에요?"

그가 말을 이었다.

"당신 가족들은 뭐라고 해요? 우리가 제일 먼저 온 것 같은데."

율리아는 한동안 입을 다물었다. 눈 밑의 다크서클이 조금 더 진해진 것 같았다. 그러다가 겨우 입을 뗐다.

"그게 좀…… 복잡해요. 가족 문제요."

빈센트가 고개를 끄덕였다.

"당신이 캐묻지 않겠다고 약속하면 나도 묻지 않을게요."

율리아가 덧붙였다.

둘은 말없이 엘리베이터로 향했다. 빈센트는 계단으로 가고 싶었지만 그사이에 이 엘리베이터에도 익숙해졌다. 이제 3년 전 봄처럼 고통스럽진 않았다. 그래도 여전히 좋아하는 장소는 아니었다.

"그건 그렇고, 미나가 나한테 존재하지 않는 16번 지하철 노선 이야기를 하던데요."

엘리베이터 문이 열렸을 때 율리아가 말했다.

"그리고 모래시계에 관해서도 무슨 말을 했고요."

적절한 상황이었다. 지금 그에게 필요한 건 계속 대화를 이어 가면서 정신을 다른 데로 돌리는 거였다.

"맞아요. 그런데 이해가 안 돼요."

그가 말했다.

"내 생각이 옳다는 건 알아요. 모든 것이 모래시계 수수께끼와 아주 잘 들어맞거든요. 틀렸다고 하기에는……."

"내가 어제 스톡홀름 근거리 교통 회사의 언론 담당자와 얘기해 봤어요."

율리아가 그의 말을 가로챘다.

"16번 노선이 예전에 실제로 있었대요. 다른 두 개의 노선과 나란히 운행됐다고 하더군요. 녹색선 벨링뷔부터 적색선 릴예홀멘까지요. 정확하게 어디에서 차선 변경이 이루어졌는지는 모르지만 어쨌든 16번은 한동안 존재했다고 해요."

빈센트는 어깨에서 무거운 짐을 내려놓은 기분이 들었다. 어쩌면 그가 이성을 잃은 게 아닐지도 모른다.

"흥미롭네요."

그가 대답했다.

"그렇다면 나에게 모래시계를 보낸 사람에 대해 좀 더 많은 것을 알 수 있어요. 그게 누구든 지하철 노선을 아주 잘 아는 사람이 틀림없다는 거잖아요. 그 이유가 뭘지 생각해 봐야겠네요. 이러나저러나 니클라스가 이미 그 장소에 있을 수도 있어요."

"그가 벌써 죽었을 거라는 뜻이에요?"

율리아가 그를 빤히 바라봤다.

"나도 몰라요."

빈센트가 고개를 저었다.

"그러지 않기를 바라죠. 그 카운트다운에 따르면 그에게는 시간이 아직 나흘 더 남아 있어요. 얼마나 많은 인력이 동원되어 그를 찾고 있는지 생각해 보면 나흘은 사실 긴 시간이에요. 그런데 그를 터널에 숨기면 당연히 그쪽에서는 일이 훨씬 더 쉬워지겠죠. 지하는 완전히 미로니까요."

엘리베이터 문이 열리고 그들이 내렸다. 율리아는 엘리베이터 바로 앞에 멈춰 선 채 그를 빤히 바라봤다.

"더 자세한 단서는 없을까요? 16번 노선의 특정한 역에 대한 암시라든가?"

빈센트가 고개를 젓고 대답했다.

"처음에는 나도 그렇게 추측해 봤어요. 분이 노선이라면 초는 아마 역에 해당할 거라고요. 그런데 그 방식으로는 다른 뼈를 발견한 장소와 일치하지 않아요. 어디서 시작해서 세어 봐도 마찬가지예요. 미안하지만 현재로서는 그 이상 알아낸 게 없어요."

율리아가 한숨을 쉬고 주머니에서 휴대폰을 꺼냈다.

"스톡홀름에는 지하역이 47개 있는데, 16번 노선은 그중 25개를 통과했었어요. 그래서 두 명씩 11개 조를 만들어서 한 조당 두 역을 수색하게 할 예정이에요. 루벤과 아담은 세 군데 역을 맡고요. 수송 면에선 악몽이 되겠죠. 저번처럼. 교통회사가 미친 듯이 화를 내겠네요. 하지만 달리 어쩔 도리가 없을 것 같아요."

그녀가 어느 번호로 전화를 걸고 휴대폰을 귀에 가져다 댔다.

"긴 하루가 되겠어요."

그러고는 한숨을 내쉬었다.

*

미나는 거울 속의 자기 모습을 자세히 살폈다. 지금까지 한 번도 본 적 없는 창백한 얼굴이 그녀를 쏘아봤다. 눈도 부어 있었다. 평소와 달리 이번에는 빈센트가 아니라 그녀가 늦었다. 도저히 더 일찍 움직일 수가 없었다. 지난밤 딸과 몇 시간이나 발테르에 대해 이야기를 나눴다. 그의 좋았던 점과 그가 베아타와 함께했던 시절을 추억했다.

나탈리는 조금 전에 잠이 들었고, 미나는 아이를 깨우고 싶지 않았다. 아이는 시간을 보내면서 점점 더 침착해졌다. 미나의 생각대로 나탈리는 정말 씩씩한 아이였다. 나탈리는 이 상황을 잘 이겨 낼 것이다. 충격도 많이 가라앉아 이제 돌봐 줄 사람도 필요 없었다.

미나는 빈센트가 자신의 부은 얼굴을 보고 알레르기 증상이냐고 묻지만 않기를 바랐다. 부엌 식탁에 쪽지를 남기고 발끝으로 집을 나와서, 아침 출근 시간대가 허락하는 최대한 빠른 속도로 달려 경찰서로 왔다.

빈센트는 평소와 달리 로비에서 미나를 기다리고 있지 않았다. 텅 빈 로비를 아무리 둘러봐도 그는 그곳에 없었다. 내가 빈센트보다 먼저 온 걸까? 미나는 접수처 직원에게 다가가서 물었다.

"안녕하세요. 빈센트 발데르를 보셨나요? 혹시 아시는지 모르겠지만요."

"그 생각을 읽는 사람이요?"

접수처의 남자는 미나만큼이나 잠이 부족해 보였다.

"한참 전에 율리아 함마르스텐 씨와 함께 도착했어요. 둘이 같이 위로 올라갔을 겁니다."

미나는 그에게 감사 인사를 건네고 검색대를 통과했다. 그리고 엘리베이터에 막 도착했는데, 문이 열리더니 빈센트가 나왔다. 그가 내리면서 몸을 돌리다가 둘이 부딪쳤고 미나가 휘청이기 전에 그가 그녀를 잡았다.

"미나!"

"빈센트! 여기서…… 뭐 해요?"

"나…… 나, 나는…… ."

그가 당황한 표정으로 주위를 두리번거렸다.

"전에 당신이 엘리베이터 타는 연습 얘기했던 거, 혹시 기억나요? 어쩌면…… 이번 기회에 연습을 좀 해 볼까 하고요."

미나는 웃음이 터졌다. 그는 여전히 그녀를 붙잡고 있었다.

"직면 요법 말이에요?"

"그럴걸요."

미나에게 그의 체취가 느껴질 만큼 두 사람은 가까웠다.

"빈센트."

"응?"

"당신, 계속 나를 잡고 있어요."

침묵.

"나도 알아요."

한동안 그들은 그렇게 서 있었다. 미나는 이제 뭘 해야 할지 생각나지 않았다. 빈센트가 그녀를 놓는 것은 싫었다. 그의 온기가 미나의 내면까지 비추었다. 미나는 빈센트도 같은 감정을 느끼길 바랐다. 하지만 계속 이렇게 서 있을 수는 없었다.

"사람들이 소문을 낼 거예요."

결국 미나가 먼저 입을 열었다.

"당신이 나를 납치하는 걸 목격했다고 진술하겠죠."

빈센트가 그녀를 천천히 놓아줬다.

"왜 이렇게 일찍 오라고 했어요? 그리고 나탈리 혼자 있어도 돼요?"

"나탈리는 자기 엄마를 닮아서 씩씩해요. 오늘 친구들을 만난대요. 뭐라도 다른 일을 하는 게 기분 전환에 좋겠죠. 그리고 내가 좋은 생각이 났어요. 편지 가지고 왔죠?"

빈센트가 고개를 끄덕였다.

"린셰핑에 있는 국립과학수사원에 편지를 보내면 지문을 조사할 수 있어요."

미나가 말했다.

"익명으로도 의뢰가 가능해요. 보내기 전에 당신과 개인적으로 관련 있는 정보는 모두 제외하고요."

"지문이라고요?"

빈센트가 어리둥절한 얼굴로 물었다. 그러면서 주머니에서 편지를 꺼내 그녀에게 건넸다. 미나는 고개를 저었다.

"내가 만지면 안 돼요. 협박 편지를 보내는 사람은 대부분한 번 보낸 걸로 끝나지 않아요. 여러 명에게 보낼 때도 많고요. 이런 협잡꾼들은 인터넷에서만 활동하지 않고, 보다시피기존의 방식을 사용하기도 해요. 예전에 협박이나 그와 비슷한 일로 판결을 받은 적이 있는 누군가가 이 편지를 보냈다면지문으로 그 사람을 찾아낼 수 있어요. 그리고 국립과학수사원이 당신의 지문을 제외할 수 있도록 미리 지문을 떠서 같이보내야 해요."

빈센트는 편지를 엄지와 검지로 잡고 있다가 재킷 주머니에 다시 넣었다.

"꽤 괜찮은 아이디어네요."

그가 말했다.

"아직도 범인이 누군지 전혀 짐작이 가지 않거든요. 게다가이렇게 하면 경찰이 개입되기는 하지만 간접적으로만 관계가생기는 거죠. 그림자가 알아채지 못할 거예요."

"당신 지문은 지금 바로 뜰 수 있어요."

미나가 앞장서서 연구실로 향했다.

*

커피 자판기 앞에 서 있는 크리스테르가 한숨을 내쉬었다. 디지털 표지판에 오늘 날짜가 떠 있었다. 12월 27일. 올해도 겨우 나흘 남았다. 크리스마스와 신년 사이에 하루도 쉬는 날이 없을 것 같았다. 사실 그다지 나쁜 일만은 아니었다. 라세도 할 일이 많았다. 울라 빈블라드 레스토랑에서는 매일 저녁 대규모 크리스마스 파티가 열렸고, 라세는 밤늦게까지 서빙을 했다.

그래도 하루 이틀쯤은 범죄 드라마 시리즈를 보며 소파에서 시간을 보내도 좋을 것 같았다. 라세가 그의 삶에 들어온 뒤로 크리스테르는 텔레비전을 보는 일이 줄었다. 그게 싫다는 건 전혀 아니다. 해리 보슈 형사 시리즈를 보는 것보다 라세와 함께 있는 편이 훨씬 좋았으니까. 게다가 어차피 라세가 더 미남이기도 했다.

율리아가 모퉁이를 돌아 걸어왔다. 그녀는 빈 커피 잔을 손에 들고 마치 원격 조종 장난감처럼 자판기로 다가왔다.

"아주 피곤해 보이네. 토르켈과 하뤼가 있는 집으로 가는 게 낫지 않겠어?"

크리스테르가 말을 걸었다.

"하뤼에게는 당연히 가고 싶죠. 여기서 보내는 매분, 매초 내가 매정한 엄마가 된 느낌이에요. 고맙네요, 그 사실을 기억나게 해 줘서."

"토르켈은?"

"그에게는 양심의 가책을 느낄 게 없죠. 다 됐어요?"

율리아가 이미 커피가 다 나왔는데도 여전히 받침대에 놓여 있는 그의 컵을 가리켰다. 그가 컵을 꺼내자 율리아가 자기 컵을 거칠게 올려놓았다. 크리스테르는 언젠가 율리아의 사생활에 대해 물어봐야겠지만, 지금은 적절한 때가 아니라는 생각이 들었다.

"올 거죠?"

율리아가 물었다.

"이제 회의하려고요. 크리스테르에게 맡길 아주 멋진 업무가 있어요. 올해 남은 기간 내내 할 일이요."

그는 한숨을 내쉬고 커피를 배수구에 쏟고는 다시 한번 컵을 기계에 올려놓았다. 율리아의 말을 들으니 아주 뜨거운 커피가 당겼다.

*

"다들 지금 피곤하고 지쳤다는 거 알아. 여러분의 훌륭한 업무 수행 능력에 늘 감사하고 있어. 하지만 지금 전 세계의 이목이 우리에게 쏠려 있어. 법무부 장관을 찾는 일이 촌각을 다투고 있지. 그냥 하는 말이 아니라 문자 그대로 말이야. 시계가 요란하게 똑딱거리고 있어."

율리아는 동료들을 훑어보다가 문득 그들이 몇 년 동안 세워 온 공로와 앞으로 이루어 갈 모든 것에 자부심을 느꼈다.

"루벤이 세르비아 마피아에 대해 우리한테 알려 줄 소식이 있을 것 같은데."

심술궂은 말이었지만 율리아는 어쩔 수 없이 그 말을 해 버렸다. 여기저기서 킥킥거리는 소리가 들렸고 율리아도 온 힘을 다해 웃음을 억눌렀다. 바스락거리는 은박 담요에 싸인 루벤의 사진과 국가작전부의 사라에 의해 그가 극적으로 구조된 이야기는 눈 깜짝할 사이 경찰서 전체에 퍼졌다.

"아이고, 재밌어라."

루벤이 툴툴거렸다.

"정말 너무 재밌네. 하지만 요청을 받아들여서 보고드리지. 테드 한손은 무사히 집으로 돌아갔고, 그 세르비아인들이 페테르 크론룬드, 구스타프 브론스와 연관이 있긴 하지만 우리 사건과는 아무런 관련이 없음을 확인했어. 모두 우연이었더라고."

"고마워, 루벤."

율리아가 고개를 끄덕였다.

"섣부른 단독 행동이 얼마나 부적절한 것인지 모두 이 기회에 깨달았으면 해. 자기 주도적 행위는 존중할 만하지만, 건전한 상식도 갖춰야겠지."

"네, 선생님."

루벤이 짜증스럽게 대꾸했다.

"이제 우리에게 남아 있는 수사의 실마리에 집중하자. 구체적인 단서가 몇 개 있어. 빈센트 덕분에 니클라스를 찾을 장소의 범위를 좁히게 됐어. 그는 아마 16번 노선을 따라 이어지는 터널 어딘가에 있을 거야."

"듣자 하니 존재하지 않는 노선이라더군."

크리스테르가 말했다.

"그렇습니다."

미나 옆에 앉아 있는 빈센트가 대답했다.

"율리아 말로는, 이 노선은 일시적으로만 운행됐고 당시 다른 두 개의 노선과 나란히 달렸다고 해요. 문제는 이 노선이 스톡홀름 지하철역 스물다섯 곳에 정차했다는 점이죠."

"장관이 거기 있다는 게 확실해요?"

루벤이 물었다.

"그건 아니야."

율리아가 대답했다.

"하지만 우리에게 다른 기준점은 없고, 그래서 수색 허가를 신청했어. 경찰들이 팀을 짜서 각 역을 체계적으로 수색할 거야. 루벤과 아담, 두 사람도 목록에 들어 있어."

"이미 봤어. 회의가 끝나자마자 바로 출발할게."

아담이 고개를 끄덕였다.

"좋아. 자, 그리고 희생자들 사이에서 발견된 공통점도 있지. 그들 모두는 20년쯤 전에 인생의 바닥을 겪었어. 법무부 장관 아버지의 진술에 따르면 장관도 마찬가지였고. 하지만 그들의 접점은 아직 찾지 못했어. 그래서 그들이 혹시 동일한 심리 치료사를 찾아갔었는지, 또는 '왕'과 어떤 연관이 있었는지 조사하는 중이야. 우리가 가지고 있던 유해가 아마도 왕의 유해일 텐데, 도둑맞았지. 크리스테르, 니클라스의 심리 치료사와는 연락이 됐나요?"

"아직 르완다에 있어서 연락이 안 돼."

크리스테르가 보세에게 남몰래 크리스마스 쿠키를 하나 물려 줬다. 그의 조심성이 무색하게도 보세가 쿠키를 씹는 소리는 회의실 내에 크게 울려 퍼졌다.

"그러면 다른 방법을 써야죠. 그 사람을 기다리다 해가 넘어가겠어요. 우리 희생자들이 20년 전에 어떤 심리 치료사를 찾아간 적이 있다면 계좌 입출금 내역 같은 것에서 알아볼 수 있을 거예요. 그들 모두 특정한 개인 또는 회사에 돈을 이체했을 테니까요."

크리스테르는 쿠키를 먹다가 사레들렸다.

"그러니까 나더러……."

그가 계속 기침을 하며 말을 이었다.

"희생자들이 20년 전에 어떤 계좌를 가지고 있었는지 알아내서, 은행에 20년 전의 계좌 이체 내역을 알려 달라고 하라는 말이야? 며칠 내로? 희생자들이 누구에게 이체했는지 알지도 못하는 상태에서?"

"바로 그거예요."

율리아가 고개를 끄덕였다.

"당신에게 맡길 아주 멋진 업무가 있다고 했잖아요."

"그러려면 내가 들여다봐야 할 거래 내역이 얼마나 많은지 알아? 그리고 그 사람들이 복지 기관 같은 델 통해서 치료사를 만난 거라면? 보건소에 간 내역까진 찾을 수 있겠지만, 거기서 그냥 피 검사 같은 것만 했었을 수도 있다고. 차라리 시시포스 대신 바위를 굴리는 게 쉽겠군."

"나도 알아요. 하지만 우리 법무부 장관이 실종됐잖아요. 사람들이 분명히 잘 협조해 줄 거예요. 은행도 마찬가지고요. 더 좋은 생각이 있으면 얼마든지 들어드릴게요."

크리스테르가 고개를 저었다.

"바로 시작할게."

율리아가 회의 전에 작성한 목록을 다시 보려고 하는데, 조심스럽게 유리문을 노크하는 소리가 들려왔다. 모두 그쪽을 바라봤다. 율리아가 문밖에 서 있는 동료에게 들어오라고 손짓했다.

"지금 회의 중인데."

"밀다가 전화해 달라고 연락이 왔어요."

여자 동료가 말했다.

"무슨 일이지? 우리 회의가 끝날 때까지 기다리면 안 되나?"

"로케에 관한 일이라던데요. 그를 찾았대요. 지금 병원에 있고요."

율리아가 동료를 빤히 바라봤다. 그리고 휴대폰을 들었다. 밀다에게서 부재중 전화가 14통이나 들어와 있었다.

*

빈센트는 미나와 함께 경찰서에서 아주 가까운 '일 카페'에 앉아 있었다. 율리아는 회의를 중단하면서 팀원들에게 경찰서 근처에 있어 달라고 했다. 아직 이른 시간인데도 카페는 이미 노트북 위로 몸을 숙이고 있는 30대들로 가득했다. 빈센트와 미나는 카페 구석에 있는 마지막 테이블을 잡았다. 그는 카운터에서 계피 빵을, 미나는 딱딱한 곡물 크래커를 골랐다. 하지만 그녀가 그걸 입에 넣지는 않을 것 같았다.

"당신이 느끼고 있을 절망감, 이해해요."

그가 나지막하게 말했다.

"지금 할 수 있는 일이 없으니까요. 하지만 가끔은 뭔가 다른 문제를 생각하는 것도 도움이 돼요. 예를 들면 포켓볼을 친다든지요. 관심 돌리기는 뇌에 최고의 휴식을 제공하거든요."

"빈센트."

미나가 힘주어 말했다.

"도예 강습반에 갈 일은 없어요. 움브라로 그림을 그리지도 않을 거고요. 혹시 그 이야기가 하고 싶은 거라면 말이에요."

그가 방어하듯 양손을 올렸다.

"나는 그게 아니라……."

"정말 고맙게 생각해요."

미나가 말을 이으며 검지로 곡물 크래커를 눌러서 세 조각으로 부러뜨렸다.

"도예 강습 말고요. 당신이 나와 함께 뭔가 하려는 시도를 포기하지 않아 준 거 고마워요. 나도 알아요……. 난 가끔 너무 까다롭죠. 하지만 우린 대화가 통하잖아요."

미나가 그의 팔에 손을 얹고 말했다.

"어떻게 지내고 있어요? 난 나탈리가 에피쿠라의 손아귀에 있을 때 내 마음이 어땠었는지 아직도 생생해요. 그래도 나는 그때 최소한 아이가 어디에 있는지는 알았잖아요. 지금 당신 마음이 어떨지는 상상도 못 하겠어요. 당신 가족……. 경찰에 도움을 청하기로 마음이 바뀌었다고 말해 줘요. 가족 때문에 걱정하는 건 알아요. 하지만 당신도 목숨이 위험해요."

어떻게 지내냐고? 아주 좋은 질문이었다. 사실 그는 차마 스스로에게 그 질문을 하지 못했다. 거기에 대답해 버리면 다시는 일어서지 못할 만큼 무너질까 봐 두려웠다. 지금은 가족 걱정을 할 수 없다. 그건 누구에게도 도움이 되지 않을 것이다. 미나에게도, 그리고 무엇보다 자기 자신에게도.

"지문 채취에 동의했어요."

그가 대답했다.

"경찰이 그 이상 개입하면 눈에 띌 거예요. 나 혼자 해내야 해요. 그리고 그림자의 요구를 따르는 한 내 목숨이 위험할 일은 없을 거예요."

선의의 거짓말이었다. 편지에는 빈센트 발데르의 존재가 어차피 종말을 맞을 거라고 쓰여 있었다. 그는 미나가 그 문장을 기억하지 못하기를 바랐다. 그녀는 이미 빈센트 때문에 걱정이 많았다.

"이런 말을 해 봤자 아무 도움이 안 된다는 거 알지만."

미나가 말했다.

"내가 당신이라면 완전히 공황 상태에 빠졌을 텐데, 당신은 어쩌면 이렇게 침착할 수 있는지 모르겠어요."

빈센트는 자기 팔에 얹은 그녀의 손을 떼어 양손으로 꼭 잡았다. 미나를 안고 싶었지만 그랬다가는 도리어 그가 쓰러질 것 같았다.

"내가 수사에 계속 투입되려면 이성적으로 행동해야 하니까요."

그가 대답했다.

"그래서 이 모든 걸 외부인처럼 관찰하려고 노력해요. 마치 그들은 개인적으로 모르는 사람들이고, 나는 이 일들을 20년 후의 미래에서 관찰한다는 듯이 말이에요. 이런 식으로 거리를 두고 내 감정을 배제하는 거예요."

"그게 된다고요?"

"아니요."

＊

율리아는 카롤린스카 병원 응급실을 문제없이 찾았다. 경찰들은 스톡홀름의 모든 응급실을 아주 잘 알았다. 입구 간판만 봐도 사건들에 얽힌 수많은 비극이 다시 떠올랐지만, 시간이 흐르면서 율리아는 사망자와 부상자에 대한 기억을 어떻게 다루어야 할지 터득했다.

"그 사람, 어디 있죠?"

율리아는 입구에서 자기를 기다리는 제복 차림의 동료들에게 고개를 끄덕여 인사하며 물었다.

"지금 치료실에 있습니다."

그중 한 명이 대답했다.

"다행스럽게도 오늘 병원이 별로 붐비지 않네요. 그리고 그 사람도 생명에 지장이 있는 것 같진 않습니다. 구급대원이 그렇게 말하더군요. 하지만 내부 손상이 있거나 머리에 충격이 있었을 수도 있다고 하네요."

"내가 들어가서 알아보죠. 신중하게 처리해 줘서 고마워요."

율리아의 말투는 사무적이었지만 감사 인사는 경찰들에게 큰 의미가 있었다. 감사 표현을 할 줄 모르는 상사도 많았다.

율리아는 서둘러 응급실로 향했다. 접수처에서 신분증을 보인 후에 복도에서 담당 의사를 기다렸다. 5분도 지나지 않아 머리카락이 검고 잘생긴 남자가 그녀에게 다가왔다. 율리아는 그의 명찰을 흘깃 봤다.

"메흐메트 선생님, 안녕하세요. 율리아 함마르스텐입니다. 로케가 소속된 수사 팀의 팀장이에요. 로케의 상태는 어떤가요?"

경찰들은 특히 동료가 뭔가 일을 당했을 때 감정 이입이 심했다. 강력한 보호 본능이 그들 모두를 연결했다. 경찰관 한 명을 해코지하는 것은 경찰 전체를 공격하는 것으로 간주했다.

"외상만 조금 입었습니다."

의사가 외국어 억양이 살짝 섞인 어조로 대답했다.

"몸은 곧 회복되겠지만 정신적 트라우마는 전문적인 도움을 받아야 할 겁니다."

"면회 가능할까요?"

의사가 잠깐 망설이다가 고개를 끄덕였다.

"하지만 너무 힘들게 하면 안 됩니다."

"로케는 제 팀원이에요. 그에게 해가 될 만한 일은 하지 않습니다."

"그렇다면 허락해 드리지요."

의사는 끝이 없어 보이는 복도에서 문 하나를 가리켰다. 율리아는 문손잡이에 손을 올리고는 잠깐 동작을 멈추고 심호흡을 한 다음 문을 열었다.

로케는 너덜너덜한 짐짝 같은 모습이었다. 머리에는 붕대를 감고 눈 한쪽은 멍이 들어 시퍼렇게 변했다. 환자복 상의 밖으로 보이는 팔에도 멍이 가득했다.

"당신이 이 정도면 상대방은 얼마나 더 심하게 당했을지 상상하기도 싫네요……."

율리아가 문을 닫았다. 로케는 웃음이 터졌지만 웃음은 곧 기침으로 넘어갔다. 그가 가슴을 움켜쥐었다.

"이런, 아파요?"

"웃을 때만요."

그가 고통스럽게 미소 지었다.

율리아는 병실 구석에 있는 의자를 가져와서 침대 옆에 앉았다. 갑자기 이 젊은이를 향한 연민이 솟구쳤다. 그녀가 로케를 자주 만난 건 아니지만, 지금까지 그는 언제나 최소한의 공간만 차지하려는 사람처럼 보였다. 남에게 보이고 들리는, 타인과 동등한 권리가 그에게는 없다는 듯이 행동했다. 창백한 그의 얼굴은 하얀 병실 시트와 구별이 되지 않았다.

"연락할 가족이 있어요?"

율리아는 그의 손을 쓰다듬어 주고 싶은 마음을 억누르고 물었다. 무슨 이유에서인지는 모르겠지만, 그녀는 로케가 개인 영역을 침범하는 모든 행위를 질색할 것 같다는 느낌이 들었다.

그가 고개를 저었다.

"아니요. 내 일이 내 가족인걸요."

"밀다가 여기로 오는 중이에요. 아마도 시내의 빨간불들을 싹 다 무시하고 달리고 있겠죠."

로케는 웃음을 터트렸다가 다시 기침을 했다.

"웃기면 안 된다고 했잖아요."

"그 약속은 하지 못하겠네요. 나는 타고나길 재미있는 사람이라서요."

율리아는 어깨를 으쓱하며 순진한 미소를 지었다.

그녀는 병원 침대에 누워 있는 이 남자를 제대로 알지 못했지만, 자신이 그를 좋아한다는 것을 바로 깨달았다. 그가 밀다의 보호 본능을 일깨우는 이유를 이제 이해할 수 있었다.

그리고 빈센트가 왜 그를 좋아하는지도. 율리아는 수줍음을 타는 그의 겉모습 안에 깨어 있는 지성이 있음을 느꼈다.

"무슨 일이 있었는지 물어봐도 될까요?"

로케가 고개를 끄덕였다.

"물어보셔도 되지만 그다지 큰 도움이 되지는 않을 거예요. 아무것도 못 봤거든요. 서류를 당신에게 직접 전하려고 재킷을 막 입으려던 참이었어요. 갑자기 눈앞이 새까매지더군요. 정신이 들고 보니 온몸이 아프고, 지하실의 캐비닛 손잡이에 묶여 있었어요. 다행히 손잡이가 별로 단단하지 않더라고요. 그렇지 않았으면 지금까지 지하실에 갇혀 있었을 거예요."

"그러니까 공격한 사람을 못 봤다고요?"

율리아는 로케가 중요한 정보를 주길 기대했지만, 그는 고개를 저었다.

"아이고, 머리도 움직이면 안 되겠네요. 네, 아무것도 못 봤어요. 재킷에 손을 뻗다가 갑자기 의식을 잃었어요. 다시 정신을 차렸을 때는 묶여 있었고요. 그들이 어떻게 들어왔는지도 모르겠어요."

"그들?"

"한 명이었을 수도 있겠네요. 그건 모르겠어요."

"뼈를 훔쳐 간 사람들과 동일 인물이라고 생각해요?"

로케는 인상을 찌푸릴 뿐 대답을 하지 않았다.

"알았어요. 우리가 철저하게 수사할게요."

율리아는 망설이다가 자신의 손을 그의 손에 얹었다. 그는 눈을 깜박였지만 손을 빼지는 않았다. 잠시 후 율리아가 자리에서 일어서며 말했다.

"뭔가 떠오르면 전화해요. 지금은 일단 쉬고요. 우리가 최선을 다하겠다고 약속할게요."

"고맙습니다."

그는 미소를 지으려고 했지만 얼굴을 찌푸리는 걸 보니 아픈 모양이었다.

"밀다가 DNA 분석 결과 얘기했나요?"

"무슨 DNA요?"

"그렇지 않아도 그게 언급되지 않고 묻혔을까 봐 걱정했어요."

로케가 한숨을 내쉬었다.

"제 잘못이에요. 제가 팀원들에게 직접 전하려고 했거든요. 밀다는 요즘 스트레스가 상당히 심해요. 아마 당신이 이미 알고 있으리라고 생각했을 거예요. 하지만 늦더라도 전하는 게 아예 말하지 않는 것보다 낫겠죠."

"무슨 말인지 도무지 모르겠네요."

"집안 계보를 찾아보려는 사람이 많아서 다행이에요. 신원 확인이 되지 않은 희생자의 조카가 타액 샘플을 보내는 회사의 데이터 뱅크에 등록되어 있더라고요. 이름은 토르 스벤손이에요. 밀다가 그를 검색해 봤죠. 니클라스 스토켄베리의 부하 직원인 것 같아요."

율리아가 로케를 빤히 바라봤다. 눈에 보이지 않는 기계의 톱니바퀴들이 맹렬하게 돌아가는 소리가 들려왔다. 왜인지 모르게 모든 것이 연결되어 있었다. 어떻게 연결됐는지가 문제였다.

*

크리스테르가 전화를 끊었다. 그는 한델스방켄 은행과 막 통화를 마쳤다. 10년 이상 지난 계좌의 거래 내역을 알려면 이름과 사회 보장 번호뿐 아니라 마르쿠스의 당시 계좌 번호까지 알아야 했다. 에리카와 욘도 마찬가지였다.

설령 마르쿠스의 어머니가 20년 전에는 아들의 계좌 번호를 알고 있었다 하더라도, 지금까지 기억할 확률은 지극히 낮았다. 또 크리스테르가 평소와 달리 행운이 따른다고 쳐도 도움이 되는 결과를 얻으려면 이런 행운이 연거푸 세 번이나 일어나야 했다. 차라리 그 심리 치료사가 르완다에서 돌아오는 것을 기다리는 편이 나았다.

그러나 율리아가 사냥감을 잡아 오라고 보냈으니 뭔가 찾아내야 했다. 그는 자신이 지금 어떤 일의 흔적을 쫓고 있다는 느낌을 받았다. 머리 뒤쪽에서 어떤 생각이 만들어지고 있었는데, 아직은 말하기 어렵지만 경험상 때가 되면 또렷하게 떠오를 것이 분명했다.

컴퓨터 모니터 속에서 마르크 에릭, 즉 마르쿠스 에릭손이 그에게 손가락을 내밀어 음란한 욕을 했다. 크리스테르는 은행과 통화하면서 마르크의 위키피디아 페이지를 훑었다. 거기에 마르크의 첫 번째 싱글 앨범은 당시에 새로 설립된 음반 회사인 '낫 라우드 이너프 레코드'에서 발매됐다고 쓰여 있었다. 홍보비도 엄청나게 쓴 모양이었다.

크리스테르는 음반 발매에 관한 글을 다시 한번 읽었다. 그런 다음 《엑스프레센》 기사 링크를 클릭했다. 그 기사에서는 어느 음악 저널리스트가 완전히 무명인 마르크 에릭의 공격적인 마케팅을 두고 음반사가 만들어 낸 기획 상품에 불과한 것 아니냐며 비판의 목소리를 높이고 있었다.

하지만 마르크는 계속 앨범을 냈다. 그 다음 해에 같은 저널리스트는 이런 글을 썼다. "마르크 에릭이 우리에게 돌아왔다." 그리고는 가수를 신뢰한 음반 회사를 칭찬했다.

크리스테르는 음반 회사 링크를 클릭했다. 알고 보니 마르크는 그 회사에서 첫 번째로 음반을 낸 가수이자 가장 큰 성공을 거둔 가수였다. 그 음반 회사는 다른 밴드들도 몇몇 데뷔시키긴 했지만, 마르크의 경우와는 달리 이들을 띄우기 위해 많은 홍보비를 쓰지 않았다. 게다가 그 밴드들은 거의가 마르쿠스의 친구들이었다. 이 음반 회사를 설립한 것은 연관된 홍보 회사도 함께 만든 어느 벤처 투자자와 몇몇 음악 애호가들이었다.

아하, 재밌네.

크리스테르는 언급된 사람들과 필요 자본을 투자한 회사를 검색했다. 가족 기업이었다. 그는 이 가족의 성씨를 지난 며칠 동안 여러 번 마주쳤다. 물론 우연일 수도 있겠지만, 그의 머릿속에서는 미완성이었던 생각이 서서히 형태를 갖추어 갔다.

그는 검색창을 하나 더 열고 에리카 세벨덴을 검색했다. 검색 결과에는 여러 차례 상을 받은 기록과 함께 '토킹 마인드'라는 에이전시의 예매 사이트 링크가 나왔다. 아마 그녀의 계약은 주로 이 에이전시를 통해 이루어졌던 듯했다.

그곳에 전화를 하니 운 좋게도 연결이 됐다.

"토킹 마인드의 루이스입니다. 무슨 일로 전화하셨을까요?"

"안녕하십니까? 스톡홀름 경찰서의 크리스테르 벵트손입니다. 자세한 말씀은 드릴 수 없지만, 지금 에리카 세벨덴의 실종에 대해 조사하는 중입니다. 그 회사가 에리카의 에이전시인 것 같던데요. 계약 대행 과정이 어떻게 되는지 궁금해서요."

"에리카요?"

수화기 저편의 여성이 웃음을 터트렸다.

"그때 저는 여기서 근무하지도 않았어요. 하지만 에리카 이야기는 많이 들었죠. 특히 첫해의 실적은 지금도 이 분야에서 전설이에요. 그런 일은 다시는 없었거든요. 섭외 문의가 믿을 수 없을 만큼 밀려든 덕에 성공의 주춧돌을 놓을 수 있었죠."

"무슨 뜻인가요?"

크리스테르가 연필을 쥐었다.

"어떤 이유에서인지는 몰라도 그런 트레이너나 연사들은 섭외 문의를 많이 받을수록 관심을 더 끄는 모양이에요."

루이스가 말했다.

"하지만 처음 100건의 예약이 모두 한 회사에서 왔다는 사실은 굳이 알릴 필요가 없었겠죠."

"그 회사 이름이 뭔지 아시나요?"

크리스테르는 입을 다문 채 토킹 마인드의 루이스가 하는 말에 귀를 기울이며 연필로 포스트잇에 메모했다. 그런 다음 감사 인사를 하고 전화를 끊었다.

생각이 손에 닿을 듯 가까워졌다. 그는 마르쿠스와 에리카에 관해 적은 메모를 들여다봤다. 두 사람이 연결되었다. 그러나 하나가 더 필요했다. 이제 욘에 대해 조사할 차례였다. 슬슬 패턴이 눈에 들어왔다. 그래서 요세핀 랑세트 대신 기업 등록청에 전화해서 지난 20년 동안 욘 랑세트가 어떤 기업에서 활동했는지 문의했다.

욘은 소규모로 자신의 첫 사업을 시작했다. 그 후 몇 가지 모험을 해서 성공을 거두었고, 잘 운영될 때 회사를 팔았으며, 그 이윤을 규모가 더 큰 새 회사에 투자했다. 하지만 욘의 자체 자본만으로는 부족해서 다른 투자자들이 필요했다.

《다겐스 인두스트리》의 15년 전 기사에서 그는 국내외 비즈니스 에인절 투자자와의 인터뷰를 발견했다. 거기에 당시 욘의 회사가 지나가듯 언급되어 있었다.

욘의 회사에 투자한 금융 회사 이름도 쓰여 있었다.

드디어 크리스테르의 모니터에 마지막 연결 고리가 나타났다.

뭘 찾아야 하는지 알게 되니 조사하기도 쉬워졌다. 일부러 숨긴 흔적도 없었다. 맥락을 모르면 아무 뜻도 없는 거래 뒤에 숨어 있었고, 각각의 정보를 별개로 보면 아무 의미가 없었다. 그래서 모든 연관성을 동시에 찾아야 했다.

크리스테르는 다시 연필을 잡았다. 그는 세 희생자를 모두 연결하는 공통분모를 찾았다. 율리아가 옳았다. 역시 돈이 관건이었다. 그러나 그녀가 생각했던 것과는 달랐다. 그는 쪽지에 적힌 이름을 노려봤다. 세 번 모두 같은 이름이었다. 니클라스 스토켄베리의 주변에서도 그 이름이 등장할 터였다. 니클라스는 경찰이 예상한 것보다 더 큰 위험에 처해 있었다.

루벤은 짜증이 나서 자갈을 걷어찼다. 이 빌어먹을 터널에 완전히 질려 버렸다. 그는 원래 지하철을 별로 좋아하지 않았는데, 이 지저분한 어둠 속으로 계속 들어오다 보니 더욱 싫어졌다. 그와 아담은 16번 노선의 마지막 역 세 곳을 수색하라는 지시를 받았다. 싱켄스담과 혼스툴, 릴예홀멘이었다.

세 개뿐이니 다행이라고 할 수 있었다. 하지만 이 세 개도 많았다. 교통 회사와 지하철 회사 직원도 이제 더는 이들과 동행하지 않았다. 그나마 싱켄스담은 이미 끝냈고, 혼스툴도 거의 다 끝나 갔다.

솔직하게 말해서 루벤은 니클라스 스토켄베리가 지하에 갇혀 있다고 믿지 않았다. 게다가 지하철역 근처는 더더욱 아니었다. 일단 이곳은 안전하지가 않았다. 5분마다 지하철이 쏜살같이 지나가서 아담과 그는 돌풍에 빨려 들어가지 않게 매번 조심해야 했다. 그리고 이곳에는 누군가를 숨길 장소가 전혀 없었다. 벽감이나 작은 판자 창고가 있긴 했지만 그곳은 사람들 눈에 금방 띄었다.

"빈센트가 착각한 것 같다니까."

또다시 지하철이 지나가는 사이 벽에 몸을 붙이며 루벤이 말했다.

"늘 그렇지 뭐. 범인들이 니클라스를 지상 어딘가에 가둬놓지 않을 이유가 있겠어? 어쩌면 지하철 입구 인근에 있을지도 모르지. 그럴 확률이 훨씬 높다고."

"나도 그 말에 동의해."

아담이 손전등 불빛을 옆에 있는 작업용 터널에 비췄다.

"문제는 우리가 지상 어디에서 수색을 시작해야 할지도 전혀 모른다는 거지. 그나마 여기 지하는 적어도…… 영역이 제한되어 있잖아."

"그건 그렇지만. 아이고, 지겨워."

아담의 뒤를 따라가던 루벤은 선로가 없는 좁은 터널로 들어갔다.

작업용 터널은 도구와 널빤지가 쌓여 있는 막다른 골목이었다. 이전에 그들이 수색한 모든 창고와 마찬가지로 이곳 역시 아무것도 없었다. 꽝이었다. 범인은 이곳에 법무부 장관을 숨기지 않았다.

"여긴 끝난 것 같군. 이제 릴예홀멘만 수색하면 되겠어."

아담이 말했다.

그들은 역으로 향했다. 승강장으로 가는 계단을 올라가 다음 열차를 기다렸다. 한 지하철역에서 다음 지하철역으로 가려면 지하철을 타는 게 당연히 가장 빠른 방법이었다.

"릴예홀멘부터는 전철이 대부분 지상으로 다녀."

프루엥엔행 적색선 지하철에 오르며 루벤이 말했다.

"그러니까 우린 한쪽 끝만 수색하면 돼. 내가 장담하는데, 거기도 아무것도 없을걸. 다른 사람들은 어떻대?"

아담이 휴대폰을 흘낏 봤다.

그들은 두 명씩 짝을 지은 다른 동료들과 바로바로 정보를 교환할 수 있게 그룹 채팅방을 만들었다. IT 부서는 분명히 반대하겠지만, 쓸데없이 시간을 버리고 싶은 사람은 아무도 없었다. 찾으려는 것을 누군가 먼저 발견한다면, 다른 동료들은 헛수고할 필요가 없지 않은가.

"한 팀만 빼고 모두 수색을 끝냈군."

아담이 말했다.

"우리도 아직 안 끝났고. 뭔가 발견한 팀은 없어."

"내가 그럴 거라고 했잖아. 시간 낭비라고."

루벤이 툴툴거렸다. 아담이 히죽거리며 눈썹을 치켜세웠다.

"지금 따로 가고 싶은 데가 있는 거 아니야? 내 말이 틀렸다면 미안해. 근데 너와 사라 테메릭 둘이 혹시……?"

루벤이 눈을 흘겼다. 지하철이 커브를 도는 바람에 그는 균형을 잃지 않으려고 봉을 꽉 붙잡았다.

"내 말이 틀렸다면 미안해. 근데."

루벤이 아담의 말투를 흉내 내며 말했다.

"너랑 율리아 함마르스텐 둘이 혹시……?"

아담의 입이 떡 벌어졌다. 충격을 받은 모습이었다.

루벤은 만족스럽게 히죽거렸다. 쌤통이다. 아담은 상사와의 은밀한 불륜이 본인 생각만큼 비밀은 아니라는 걸 알아야 한다.

둘은 릴예홀멘 역에서 내렸다. 루벤은 터널로 이어지는 작은 계단이 있는 승강장 끝으로 향했다.

어둡고 황폐한 터널이 또 하나 나왔다. 문득 사라가 마음의 눈 앞에 나타났다. 이루 말할 수 없이 아름다운 미소가 보였다.

"시간 낭비라니까."

루벤이 툴툴거리며 아담을 따라 터널로 터벅터벅 들어갔다.

"아이고, 이게 무슨 빌어먹을 시간 낭비람."

*

그들은 토르와 악수로 인사를 나눴다. 토르가 그들을 데려간 회의실은 밀다가 지금까지 본 곳 중에 가장 답답한 공간이었다. 가운데에 진회색의 긴 탁자가 놓여 있고 의자에는 밝은 재색을 띤 천 덮개가 씌워져 있었다. 국가 재정으로 사들인 예술 작품도 시각적 즐거움을 주지는 못했다. 이곳은 우중충한 정장을 입은 중년 남성들이 주기적으로 이마를 찌푸리기에 어울리는 곳이었다.

이런 생각은 물론 선입견이다. 하지만 나무랄 데 없이 깔끔한 진청색 정장을 입은 토르 스벤손을 보며 밀다는 자신의 선입견을 그대로 유지하기로 했다.

밀다와 율리아가 자리에 앉았다.

"와 주셔서 고맙습니다."

토르가 말했다.

"두 분의 시간이 귀하다는 것, 저도 압니다. 이렇게 수고해 주셔서 정말 감사합니다. 지금 할 일이 엄청나게 많아서 제가 여기를 뜰 수가 없네요."

토르가 검은 커피 잔을 손으로 감쌌다. 밀다는 그가 커피를 권하지 않았다는 걸 깨달았다. 그러니 이 만남이 오래 걸리지는 않을 터였다.

"지금 상황에서 이상한 일도 아니죠."

율리아가 말했다.

"그래도 당신에게 직접 전해야 할 일이어서요. 밀다, 당신이 말할래요?"

밀다는 등을 쭉 펴고 헛기침을 했다.

"네, 저는 법의학연구소에서 일하고 있습니다. 경찰이 니클라스 스토켄베리 장관이 처한 상황과 연관이 있을지도 모르는 사건을 수사 중이라는 건 알고 계시겠죠."

"지하철 터널에서 발견된 세 명의 살인 피해자 말씀이지요."

토르가 고개를 끄덕였다.

"그렇습니다. 그런데 수사 중에 저희는 다른 세 희생자와 관련이 없어 보이는, 훨씬 더 오래된 유골을 발견했습니다."

율리아가 대답했다. 토르가 눈썹을 치켜세웠다.

"최근 희생자들의 신원은 금방 확인됐습니다."

밀다가 말을 이었다.

"하지만 오래된 유골은 수수께끼였어요. 그런데 얼마 전 계보 연구 업체의 자료를 받아서 사망자의 조카를 찾아냈습니다. 토르, 유감스럽습니다만 사망자는 당신의 삼촌입니다."

토르는 그녀를 빤히 보다가 커피를 조금 쏟았다.

"비에른 삼촌?"

그가 어리둥절한 얼굴로 말했다.

"비에른 삼촌을 발견했다고요?"

"그런 것 같습니다."

율리아가 대답했다.

"그분에 대해 뭔가 말해 줄 수 있을까요? 저희에게는 아무런 정보가 없어요. 당신이 방금 말하기 전까지는 그의 이름조차 몰랐습니다."

토르는 깊은 한숨을 내쉬며 고개를 떨구었다. 그런 다음 몇 초 동안 천장을 바라보다가 입을 뗐다. 그의 목소리가 갈라졌다.

"어릴 때 저는 삼촌을 무척 좋아했습니다. 교사였는데, 모두가 그를 좋아했죠. 하지만 삼촌은 조울증에 시달렸어요. 당시엔 이해하지 못했지요. 어떨 때는 술을 만취하도록 마시고 자살하고 싶다고 말하기도 했습니다. 하지만 린다가 그보다 먼저 실행에 옮겼어요."

"린다요?"

율리아가 물었다.

"그의 아내였습니다. 우리 모두 충격을 받았어요. 린다 숙모는 항상 쾌활하고 걱정이 없어 보였거든요. 무엇보다도 자살하기 직전에 그랬습니다. 그 신호를 알아챘어야 했어요. 자살하려는 사람이 결심을 굳힌 후에는 마음이 가벼워 보이는 경우가 많으니까요."

토르가 눈물을 머금고 율리아를 바라봤다. 그녀는 뭔가 말하려다가 그만뒀다.

"어느 날 집에 돌아온 비에른 삼촌은 작별 편지를 발견했습니다."

그가 말을 이었다.

"그때 린다 숙모는 이미 살아 있지 않았지요. 이틀 후에 시신이 혼스툴 해변에서 발견됐습니다. 삼촌은 죄책감을 느꼈어요. 자기 때문이라고, 아내가 자기를 더는 견디지 못했기 때문이라고 생각했거든요. 삼촌의 울증은 더 길어지고 악화됐습니다. 그러다가 어느 날 실종됐어요. 다들 그가 베스테르

브론 다리에서 투신했다고 생각했습니다. 린다 숙모처럼 말이죠. 설상가상으로 그는 어린 아들까지 데려갔습니다. 그렇게 가족이 모두 사라졌어요. 끔찍했습니다. 그런데 이제야 그의 유해가 발견됐군요."

밀다가 말없이 고개를 끄덕였다. 그의 이야기에 마음이 아팠다.

"그에 걸맞은 장례를 준비하고 싶습니다. 내가 살아 있는 유일한 친척이니 문제는 없겠죠."

토르가 말했다. 그러자 밀다가 의기소침한 표정으로 율리아를 흘낏 바라봤다. 이제 정말 커피를 한 잔 마시고 싶었다. 그의 질문에 대답을 미룰 수 있는 상황이 생긴다면 뭐든 환영이었다.

"안타깝게도 저희…… 저희에게 유해가 없습니다."

밀다는 불편해서 몸을 이리저리 뒤척였다.

"그게…… 이상하게도…….'

"그의 유해를 도난당했습니다."

율리아가 대신 말했다.

"크리스마스이브 전날 밤에요."

토르가 그녀를 몇 초 동안 노려봤다. 그의 얼굴이 새빨개졌다. 그러더니 손바닥으로 진회색 탁자 상판을 아주 세게 내려쳤다. 남아 있던 커피가 넘쳤다.

"그럼 그렇지. 경찰은 이제 할 줄 아는 일이 전혀 없군요. 이런저런 사건 사고는 제쳐 두고, 뼈 하나도 제대로 지키지 못한단 말입니까? 상부와 직접 이야기하겠습니다. 이 무능한 집단은 해체하는 게 낫겠군요."

"흥분하신 마음 이해합니다. 당연히 안 좋은 기억이 떠오르시겠지요."

율리아가 말했다.

"하지만 경찰은 무능하지 않습니다. 도난 사고는 안타까운 일이고, 저희는 유골을 다시 찾기 위해 최선을 다할 겁니다. 게다가 그 일은 경찰이 아니라 법의학연구소 건물에서 발생했고요. 그건 그렇고, 저희 수사에 도움이 될 만한 질문을 몇 가지 드리고 싶은데요."

"내가 어떻게 도울 수 있는지 모르겠네요. 비에른 삼촌의 유골은 다른 희생자 세 명과 상관이 없다고 당신이 말하지 않았습니까."

토르가 자리에서 일어났다. 그리고 휴지 보관함에서 휴지를 몇 장 가져와 쏟은 커피를 닦았다.

"그건 두고 보면 알겠죠."

율리아가 차분하게 대답했다.

"비에른은 2000년에 사망한 것으로 추정됩니다. 그가 언제 실종됐는지 아시나요?"

"아, 내 기억이 맞는다면 90년대 초반입니다."

토르가 젖은 휴지를 쓰레기통에 던져 넣었다.

"아마 91년인가 92년일 겁니다. 잠깐만요……. 그렇다면 그가 지하철 터널에서 10년 동안이나 노숙자로 지냈다는 말인가요?"

"네, 그렇습니다. 그리고 당신의 사촌인 그의 아들도 지하에서 자랐다고 하더군요."

토르는 이 소식을 받아들일 수 없다는 듯이 고개를 저었다. 밀다는 그에게 연민을 느꼈다. 그녀는 자기가 토르라면 어떤 기분일지 상상해 보려고 했지만 실패했다. 방 안의 음울한 인테리어가 이 상황에 점점 더 어울린다는 생각이 들었다.

"당신들이 수사하는 살인 사건과 이게 무슨 상관이 있죠? 그리고 니클라스 장관님하고는요? 이해할 수 없군요."

토르가 한숨을 내쉬었다.

"어쩌면 상관이 없을지도 모릅니다. 하지만 당신의 삼촌이 사망한 해는 저희 사건 희생자들의 이력에서 나타나는 특정한 요소와 일치합니다. 그게 만약 어떤 의미가 있다면 말이죠. 저희는 당신의 사촌과 이야기를 해 보고 싶습니다. 터널에서는 왕자라고 불렀다더군요. 당신이 그의 소재에 대해 뭔가 아는 게 있다면 저희에게 아주 큰 도움이 될 겁니다. 혹시 당신 사촌과 연락이 닿을 만한 친척이 있을까요? 당신도 그를 만나 보고 싶으실 텐데요. 그가 살아 있다는 걸 알게 됐으니까요."

토르는 한동안 허공을 노려봤다.

"이 일을 또 누가 알고 있습니까?"

그가 물었다.

"쓸데없이 언론이 소란을 떨면 내 일에 방해만 될 겁니다."

"저도 동의합니다."

율리아가 말했다.

"그 어떤 경우에도 언론에 알려져서는 안 되죠. 저희도 발테르 스토켄베리 때와 같은 상황이 벌어지는 걸 원치 않으니까요. 현재 우리 말고 아는 사람은 나머지 팀원들뿐입니다."

토르는 뭔가 결정했다는 듯이 고개를 끄덕였다. 그리고 전화기를 들어 어떤 번호를 눌렀다.

"안나, 안녕하세요. 접니다."

전화가 연결되자 그가 말했다.

"부탁할 게 있어서요."

그는 밀다와 율리아에게서 들은 말을 상대방에게 빠르게 설명했다. 그러고는 몇 번 고개를 끄덕인 후 감사 인사를 하고 전화를 끊었다.

"총리님과 통화했습니다."

토르가 율리아에게 말했다.

"총리님이 당신에게 필요한 모든 것을 지원하겠다고 직접 보장했어요. 비에른 삼촌의 아들을 찾으십시오. 뭐, 왕자라고 해 두지요. 그런데 누가 물었을 때 내 사촌이라고 하면 안 됩니다."

*

아이는 2년 동안 매일 아빠의 무덤을 찾아갔다. 그들이 무덤을 쌓을 때 아이도 그 자리에 있었다. 사람들은 아빠가 미리 알려 준 대로 모든 것을 준비했다. 정말 제대로 된 왕의 장례식이었다.

흙더미 아래에 있는 내용물은 보이지 않았다. 그러나 그 위에 손을 얹으면 표면 아래에 있는 뼈가 느껴졌다. 아이는 아빠를 느낄 수 있었다.

아이는 아빠와 자주 대화를 나누었다. 보이지 않는 사람들의 세상에서 일어난 일들을 아빠에게 이야기했다. 누가 남아 있는지, 누가 떠났는지, 누가 새로 왔는지.

하지만 시간이 흐르면서 아이는 더 이상 이곳이 집처럼 느껴지지 않게 되었다. 아빠가 없으니 다른 사람들과도 가족이 아니었다.

아빠가 없으니 아이는 그저 눈에 보이지 않을 뿐이었다.

결심이 서서히 익어 갔다. 이제 눈에 보일 시간, 어둠을 떠날 시간이었다. 햇살 속에서는 가족을 발견할 수 있지 않을까. 아이가 아주 어렸던 시절엔 햇살이 비쳤었다. 지금 아이는 빛과 온기가 어땠는지 거의 기억나지 않았다. 어쩌면 그 둘을 발견하게 될지도 모른다.

아이는 흙더미를 천천히 쓰다듬었다.

"다시 돌아올게요."

아이가 나지막하게 말했다. 자리에서 일어나면서 아이는 자신의 진심을 가슴에 새겼다.

아이는 두 개의 세상 출신이었다. 둘 다 아이의 집이었다.

다른 사람들에게는 아무 말도 하지 않았다.

그들을 영원히 떠나는 것은 아니었다. 그러나 아이는 이제 그들에게 속하지 않았다.

오텐플란은 사람들로 붐볐다. 눈부시게 푸른 하늘에서 비추는 봄 햇살이 사람들을 야외 테라스로 이끌었다. 그들은 갈망하듯 태양을 향해 얼굴을 들고 있었다.

공중전화 박스가 몇백 미터 떨어진 곳에 있었고, 아이 주머니에서는 아이가 찾아 두었던 동전이 쩔렁거렸다. 아이는 전화번호를 외우고 있었다. 아빠는 그 번호를 알려 주면서 꼭 긴급 상황에만 사용하라고 당부했었다.

이건 긴급 상황이야. 난 눈에 보이지 않았다가 이제 보이게 됐으니까.

아이는 동전을 틈새에 밀어 넣고 번호를 누른 다음, 신호음
에 귀를 기울였다. 어둠을 떠날 시간이었다.

*

똑, 똑.

율리아는 대답을 기다리는 대신 그냥 문을 열고 들어갔다. 아
버지의 붉어진 뺨과 번쩍이는 눈이 제일 먼저 눈에 들어왔다.

"총리님이야."

그가 잠긴 목소리로 말했다. 율리아는 아버지 책상 앞에 있
는 불편한 방문객용 의자에 앉아 무슨 일이냐는 표정으로 그
를 쳐다봤다.

"그런데요? 왜요?"

"총리님이 전화했어."

"누구한테요?"

"나한테."

"세상에, 아버지는 총리님과 통화를 자주 하시잖아요. 전임
자하고는 골프도 같이 치지 않으셨어요?"

"그래. 하지만 요르텐은 달라. 아주…… 강력하지."

"아버지, 제발 좀. 고위직에 있는 여성과 통화 좀 했다고 이

렇게 흥분하실 일이에요? 자꾸 이러시면 아버지가 총리에게 아주 푹 빠졌다고 엄마한테 이를 거예요."

"헛소리. 무슨 말인지 모르겠구나."

율리아는 싱긋 웃기만 했다.

스톡홀름 경찰서장인 아버지는 눈길을 내렸다.

"엄마에겐 말하지 마라. 이 일과 상관없으니까."

율리아는 손가락 두 개로 입을 그은 다음 눈에 보이지 않는 자물쇠를 잠그고 열쇠를 내버리는 시늉을 했다.

"그래서 뭐라고 하던가요?"

잠시 후 그녀가 물었다.

"누가? 네 엄마가?"

외스텐 함마르스텐이 어리둥절한 얼굴로 되물었다.

"아뇨, 아버지. 총리님 말이에요. 안나 요르텐."

율리아가 한숨을 내쉬었다.

"아, 그래. 총리님은 일단 우리가 행한 훌륭한 업무 수행에 감사를 표했고, 또 앞으로의 수사에 필요한 모든 자원을 제공하겠다고 보장했어. 세계의 눈이 스웨덴을 향하고 있고, 또 한 명의 장관을 잃으면 안 된다고, 그랬다가는 우리가 바나나 공화국처럼 될 거라고 했지."

"정말 그렇게 말했어요? 문자 그대로?"

외스텐은 총리와의 통화 중에 흘린 땀 때문에 여전히 땀방

울이 맺혀 있는 대머리를 문질렀다.

"흐음, 대략 그런 뜻이었을 거야. 하지만 전하려는 메시지는 확실했지. 우린 법무부 장관을 찾아야 해. 살아 있는 법무부 장관을."

"그래요? 이제야 확실히 알겠네요. 저도 그동안 우리가 해야 할 가장 중요한 업무가 뭔지 고민이었거든요."

"너는 농담하는 게 네 엄마와 똑같아."

"칭찬으로 받아들일게요."

율리아가 자리에서 일어났다.

"농담은 그만두고요. 저는 그냥 잠깐 들러서 우리가 많은 단서를 없앴다는 걸 알려 드리려고 왔어요. 때로는 그게 진전이기도 해요."

"구스타프 브론스는 막다른 골목이라고 내가 말했잖아. 늙은 아버지 말에 귀를 좀 자주 기울이렴."

율리아는 눈을 흘겼지만 대답은 하지 않았다. 어려서 배우지 못한 것은 나이 들어서도 배우지 못한다. 그리고 총리 건으로 이제 아버지는 율리아의 손아귀에 있었다.

*

"늦어서 미안!"

밀다가 숨을 헐떡이며 법의학연구소에 도착했다. 사무실 다른 쪽 끝에서 로케가 현미경 위로 몸을 숙이고 있었다. 그는 잠깐 시선을 올리고 밀다에게 고개를 끄덕여 인사했다. 밀다가 벽시계를 보니 14시 30분이었다. 이런, 생각보다 더 많이 늦었다.

"벌써 퇴원했어?"

그녀가 로케에게 물었다.

"너무 늦게 와서 정말 미안해. 오늘 일하면 안 될 텐데."

로케가 몸을 일으키고 현미경 조명을 껐다.

"괜찮아요. 아직 약간 망가진 느낌이긴 한데, 다른 것보단 심리적으로요. 일하는 편이 오히려 좋아요. 혹시 잠깐 시간 있어요?"

그가 구석을 가리켰다. 그들은 구내식당까지 갈 시간이 나는 경우가 드물어서, 주로 그곳에서 커피를 마시곤 했다. 밀다는 의자에 털썩 주저앉아 보온병을 흔들었다. 비어 있었다. 그럼 그렇지. 로케가 옆에 와서 앉았다.

"제가 참견할 일이 아니긴 한데요."

그가 조심스럽게 입을 열었다.

"요즘 거의 매일 지각하시잖아요. 한 일주일은 꼬박 새운 사람처럼 보이고요. 솔직하게 말하면 집중력도 많이 떨어지신 것 같아요. 제가 뭔가 해 드릴 일이 있을까요?"

밀다는 울음이 터질 것 같아서 힘겹게 침을 꿀꺽 삼켰다. 그녀는 모든 사람에게 잘하는 동시에 전문가로서 완벽한 모습을 보이고 싶었지만, 지금은 그저 너무 잡아당겨진 고무줄에 불과했다. 그런데 예상치 못한 로케의 배려에 그만 고무줄이 끊어져 버렸다.

"고마워. 하지만 괜찮아."

그녀가 세차게 고개를 저었다.

"뮈콜라스 할아버지 때문에. 갑자기 병원에 입원하셨어. 으음, 사실 갑자기는 아닌데, 할아버지는 통증을 절대 드러내지 않으셨거든. 그래서 발견하기도 전에 이미 암이 온몸에 전이되어 있었지. 병원에서는 남은 시간이 별로 없다고 하더라고. 나는 최대한 자주 문병을 가서 할아버지가 의식이 있는 순간을 누리려고 해. 그래서 요즘 자주 지각하는 거야."

밀다가 로케를 바라봤다. 눈물을 참기가 점점 더 힘들었다.

"할아버지가 안 계시면 어떻게 해야 할지 모르겠어."

로케가 그녀의 손을 잡고 말했다.

"밀다, 할아버지를 돌보세요. 가족이 인생에서 가장 중요하잖아요. 우린 가족과 평생 함께하지는 못하지만, 가족은 우리에게 평생 영향을 줘요. 여긴 제가 알아서 할게요. 누구에게 알릴 필요도 없어요. 여기 시신들은 어차피 입을 다물고 있잖아요. 세상에, 게다가 그중 셋은 뼈만 남았고요."

웃음이 터진 밀다가 드디어 눈물을 흘렸다. 누군가가 자기 말에 귀를 기울여 줄 때의 기분은 정말 좋았다.

"병원에서 허락하는 한 언제든 자주 문병을 가세요."

로케가 말했다.

"그리고 '제가 뭔가 해 드릴 일이 있을까요?'라는 질문을 이렇게 바꿔야겠네요. 자, 제가 '당신을 위해' 뭔가 할 수 있을까요?"

밀다는 눈물을 닦고 고개를 끄덕였다.

"나를 위해 할 수 있는 일이 정말로 하나 있긴 해."

밀다가 주머니에서 휴대폰을 꺼냈다. 그리고 탁자에 놓인 블루투스 스피커를 켜서 휴대폰에 연결하고 스포티파이 재생 목록을 찾았다. 그런 다음 아르빈야나의 '엘로이즈'를 최대 볼륨으로 틀었다.

"할아버지가 제일 좋아하는 노래야."

밀다가 말했다.

"나도 제일 좋아해. 온 힘을 다해 후렴을 따라 불러 줘."

그들은 울고 웃으며, 목청껏 고래고래 소리 지르며 노래를 따라 불렀다.

*

"율리아!"

크리스테르가 흥분해서 새빨개진 얼굴로 눈을 반짝이며 율리아의 사무실로 뛰어들었다.

"제때 돌아와서 다행이야."

"보아하니 노크하는 법은 완전히 잊어버렸나 봐요."

이렇게 빨리 움직이거나 무작정 뛰어드는 건 크리스테르의 평소 습관이 아니었다. 뭔가 중요한 이야기를 하려는 듯했다.

"찾아냈어. 영화에서 늘 나오는 말 있잖아. '돈을 따라가라.'"

율리아는 그가 어떤 영화를 말하는지도 몰랐고, 관심도 없었다. 그보다는 그가 뭘 찾아냈는지를 알고 싶었다.

"세 사람이 누구에게 돈을 이체했는지 알아냈어요?"

율리아의 귀에도 자신의 목소리가 조급하게 들렸다.

"아니면 탐험을 즐기는 심리 치료사를 찾은 거예요?"

"아니, 아니야. 계좌는 더 추적하지도 않았어."

크리스테르가 대답했다.

"안 그랬더라면 지금도 거기에 매달려 있을 테지. 하지만 다른 걸 찾아냈어. 그래서 이제 심리 치료사는 필요 없을지도 몰라."

"무슨 말이에요? 모두 같은 심리 치료사에게 갔다면 그게 바로 공통분모일 텐데."

"그럴지도 모르지. 하지만 그렇다는 근거가 아직 전혀 없잖아. 게다가 난 훨씬 더 중요한 연관성을 찾아냈다고. 그것도 아주 구체적인 연관성을. 세 희생자 모두 20년쯤 전에 굉장한 후원을 받았다는 사실을 알아냈어. 당시 세 사람은 모두 위기에 처해 있었고 어쩌면 동일한 심리 치료사에게 갔을 수도 있겠지만, 솔직하게 말하자면 아니었을 거라고 봐. 대신 그들은 전혀 다른 방식으로 후원을 받았어. 마르크 에릭은 데뷔 당시 음반 회사에서 이례적으로 호화롭고 값비싼 마케팅 캠페인을 진행해 줬어. 에리카 세벨덴은 1년 만에 무명의 신인에서 엄청난 인기를 누리는 동기 부여 트레이너로 성장했지. 같은 회사가 100번 넘게 그녀를 섭외했거든. 욘 랑세트의 스타트업은 어느 개인 투자자에게서 정기적으로 투자를 받았고 말이야."

"그게 뭔가요?"

율리아가 어리둥절한 표정으로 물었다.

"그들이 후원을 받았다는 것 자체는 이상한 일이 아니죠. 오로지 자기 힘만으로 성공을 거두는 사람은 별로 없으니까요."

"그래, 그 말도 맞아."

크리스테르가 의기양양하게 대답했다.

"하지만 이 경우에는 매번 동일한 자선가가 도와줬거든. 가족 기업 뒤에 숨어 있었지만 찾기가 어렵지는 않았어. 그는 아마 누군가 자기를 찾아낼 줄은 상상도 못 했을 거야. 그 사람이 누군지 말해 줘도 믿기지 않을걸."

크리스테르가 마르크와 에리카, 욘을 도와 그들이 성공적인 이력을 쌓을 수 있도록 주춧돌을 놓아 준 사람의 이름을 말했다. 율리아는 그를 빤히 노려봤다. 그리고 탁자 모서리에 겨우 몸을 지탱했다.

"어쩌면 그냥 박애주의자인지도 모르잖아요."

율리아가 말했다. 그 사람을 믿어서가 아니었다. 그는 지금 믿을 수밖에 없는 사람이었다.

"돈이 많으니 어려움에 처한 사람들을 아무 사심 없이 도와주기로 마음먹었을 수도 있죠."

크리스테르는 못 믿겠다는 표정을 지었다.

"물론 그럴 수도 있겠지."

그가 대답했다.

"하필 세 사람 모두 지하철의 해골 신세로 끝난 상황이 아니라면 말이야. 당연히 그것도 우연일 수 있지. 하지만 나는 우리가 자세히 파고들기만 하면 니클라스 스토켄베리의 과거에서도 그의 흔적을 찾게 될 거라고 확신해."

"그가 눈치채면 안 돼요."

율리아가 말했다.

"우린 재빨리, 그리고 신중하게 행동해야 해요. 내가 지금 바로 그에게 전화해서 내일 만나자고 약속을 잡을게요. 크리스테르, 잘했어요."

점점 더 많은 퍼즐 조각이 채워졌다. 하지만 유감스럽게도

율리아는 여전히 동기를 알 수 없었다. 의미 있는 전체적인
그림이 눈앞에 그려지지 않았다.

3일 전

빈센트는 신문을 가져오려고 아침 일찍 현관을 나섰다. 그는 음원 스트리밍보다 실물 음반으로 듣기를 선호했고, 종이에 인쇄된 뉴스를 좋아했다. 어쨌든 시간이 있을 때면 그렇게 했다. 그가 우편함 뚜껑을 열자 신문 외에 편지 한 통이 눈에 띄었다.

그림자가 또 소식을 보냈다.

빈센트는 A4 용지와 신문을 들고 쌓인 눈 위를 터벅터벅 걸어 현관으로 돌아왔다. 크리스마스이브부터 눈을 전혀 치우지 않아서 정원에는 눈삽이 스쳐 간 흔적조차 없었다. 신발이 차가운 눈으로 가득 찼지만 신경 쓰지 않았다. 그림자가 보낸 소식이 더 중요했다. 그는 현관문 앞에 멈춰 선 채 외부 조명의 흐릿한 불빛 아래에서 편지를 읽었다.

당신은 여전히 이해하지 못했군.
그게 그 정도로 어렵다고는 생각하지 못했는데.
하지만 하루 더 시간을 주지.
하루.
18시에 곤돌렌 레스토랑에서 만나.
당신에게 주는 마지막 기회야.

그림자가 나를 만나려고 한다! 드디어 그 사람이 누구인지 알게 되었다. 빈센트는 약간 흥분했지만 동시에 속이 메슥거리기도 했다. 그에게 하루라는 시간이 주어졌다. 그림자의 속셈이 무엇인지 알아낼 시간이었다. 만약 알아내지 못하면 가족에게 어떤 일이 벌어질까. 상상하기도 싫었다.

그러나 곤돌렌에서의 만남은 적을 붙잡을 완벽한 기회였다. 미나와 루벤만 오라고 하면 된다. 하지만…… 그러지 않는 게 나았다. 그 생각은 틀림없이 그림자도 했을 테니까. 그림자가 남자든 여자든, 본인이 체포될 위험이 조금이라도 있는 곳이라면 결코 만남의 장소로 제안하지 않았을 것이다.

게다가 그림자는 여전히 여러 장의 카드를 손에 쥐고 있었다. 울리카와 마리아, 아스톤과 베냐민, 레베카였다. 잃을 것이 너무 컸다. 그림자가 설령 경찰서에서 만나자고 제안했더라도 빈센트는 차마 경찰에 알리지 못했을 것이다. 그래도 무슨 일이 생길지 모르니, 미나에게는 그림자를 만난다고 말해야 했다.

문을 열고 텅 빈 집으로 들어가 눈이 가득한 신발을 벗었다. 부엌에 전등을 켜고 식탁에 신문을 내려놓은 다음 거실로 갔다. 최근에는 그곳에 거의 가지 않았다. 마지막으로 갔을 때는 말벌 떼에게 머리를 쏘인 느낌이었다. 벽들이 그에게 고함을 질렀다. 눈이 따가웠다. 그래도 천장 전등을 켰다. 어둠은 이제 지겨웠다. 전등 스위치를 더듬으면서 눈길이 저절로 정원 뒤쪽으로 향했다. 까마귀들이 다시 와 있었다. 이젠 놀랍지도 않았다.

이번에는 처음처럼 네 마리였다. 간격이 고르지 않았고, 세 번째와 네 번째 까마귀 사이에 공백이 있었다.

빈센트는 그사이에 새들이 박제라고 믿게 됐다. 그가 집에 없을 때 그림자가 와서 정원에 박제된 새들을 놔둔 것이다. 물론 정원에 나가 가까이에서 관찰할 수도 있겠지만 만약 새들이 날아간다면, 그러니까 진짜 새들이었다면 틀림없이 그의 머리가 폭발해 버릴 터였다.

물론 새들이 그의 머릿속에만 존재할 가능성도 있었다. 그는 자신이 움베르토에게 말했던 연구 이야기를 떠올렸다. 이성적인 생각을 해야 하는 전두엽에 과로와 스트레스 때문에 독성 물질이 쌓인 것 같았다. 그가 지난가을에 받은 많은 메시지와 비난과 협박을 생각하면 그가 지금 망상을 한다고 해도 이상한 일이 아니었다.

그는 어차피 도움이 되지 못하는 이런 생각을 몰아냈다. 그 생각을 할 시간에 뭔가 해야 했다.

부엌에서 볼펜을 하나 찾아 들고 식탁에 앉았다. 빈센트는 최근에 있었던 기이한 일들의 배경에 그림자가 숨어 있다고 확신했다. 두 조각 난 크리스마스카드와 알람, 새들. 이 모든 것은 그림자의 짓임이 틀림없었다. 모래시계는? 아니, 그건 좀 다르다. 그림자가 누구이든 간에 이번 살인 사건을 해결하는 데 도움을 줄 의도는 전혀 없을 테니까. 모래시계는 살인범 또는 살인범의 의도를 아는 사람이 보냈을 것이다. 이건 확실하다. 빈센트는 그 생각을 제쳐 두고 다른 문제에 집중했다.

그는 자신이 아는 모든 것을 편지 뒷장에 썼다. 공통분모를 찾아내면 그림자가 뭘 하려는지 이해할 수 있을 것 같았다.

일단 크리스마스카드부터. 베냐민은 그 문장이 성경 잠언에 나오는 구절임을 알아냈다. 27장 15절과 20장 25절이었다. 숫자만 따로 적었다.

27 15 20 25

다음은 알람 시계. 알람이 16시 30분과 22시 19분에 울렸다. 그는 처음에 바로 그 시각에 뭔가가 나타날 거라고 예상했지만, 그게 아니라 아마 시각 자체가 중요한 듯했다. 그는 성경 장과 절 번호 밑에 이 숫자를 적었다.

27 15 20 25

16 30 22 19

그리고 까마귀. 북유럽 신화 속 최고의 신인 오딘의 심부름꾼. 전 세계의 여러 신화에서 까마귀는 잃어버린 영혼을 의미한다. 내가 잃어버린 영혼이라는 메시지일까? 그럴지도 모른다. 하지만 그게 전부는 아닐 것이다. 성경 구절과 알람 시각은 모두 두 자리 숫자였다. 새들도 그런가? 빈센트는 눈을 감고 새들이 눈밭에 앉아 있던 네 번의 장면을 떠올렸다.

처음에는 네 마리였고, 첫 번째와 두 번째 새 사이에 공백이 있었다.

두 번째는 두 마리뿐이었다. 그들 사이에는 두 개의 공백이, 오른쪽에는 하나의 공백이 있었다.

세 번째도 두 마리였는데, 그 사이에 세 개의 공백이 있었다.

네 번째는 네 마리가 앉아 있었고, 세 번째와 네 번째 새 사이에만 공백이 하나 있었다.

그 모습이 아주 명확하게 눈앞에 그려졌다. 빈센트는 새를 검은 네모로, 공백을 하얀 네모로 바꾸었다. 내면의 눈 앞에 검정과 하양 네모 네 줄이 나타났다.

검정 - 하양 - 검정 - 검정 - 검정

검정 - 하양 - 하양 - 검정 - 하양

검정 - 하양 - 하양 - 하양 - 검정

검정 - 검정 - 검정 - 하양 - 검정

여기까지는 괜찮았다. 하지만 이건 숫자가 아니었다.

그런데 흑과 백은 반대다. 예와 아니요, 켜짐과 꺼짐, 삶과 죽음처럼.

이진법.

까마귀들은 이진법 암호였다.

빈센트는 눈을 뜨고 볼펜을 들었다. 그리고 검은 네모 자리에 1을, 하얀 네모 자리에 0을 적었다.

10111 10010 10001 11101.

네 개의 이진수가 나왔다. 그는 각각의 숫자 아래에 2의 거듭제곱수인 16, 8, 4, 2, 1을 썼다. 그런 다음 1 아래에 있는 숫자들만 더하니 십진수가 나왔다.

23 18 17 29

새로운 숫자를 성경 구절 번호와 알람 시각 아래에 썼다. 이제 세 줄이 만들어졌다.

27 15 20 25

16 30 22 19

23 18 17 29

빈센트는 이 모든 것이 어디로 이어질지 짐작이 갔다. 그런데 아직 한 줄이 없었다. 뭘 빼먹었을까?

그는 자리에서 일어나 서재로 갔다. 지난가을 그림자가 보낸 선물에 아직 뭐가 남았나? 아니, 수수께끼는 모두 풀었다. 분명히 다른 게 있을 것이다.

부엌으로 돌아온 그의 시선이 페르마의 마지막 정리가 쓰여 있는 가족 달력을 향했다. 21과 24와 28에 누가 동그라미를 그렸는지 마리아에게 물어본다고 하고서는 잊어버렸다. 이제 더는 물어볼 수도 없었다.

21과 24, 28.

아, 말도 안 돼.

달력을 1월로 넘겼다. 그래, 그렇지. 1월 14일에도 동그라미가 그려져 있었다. 그림자는 이미 오래전에 달력으로 네 개의 숫자를 그에게 알려 주었던 것이다. 빈센트는 떨리는 손으로 달력 숫자 네 개를 제일 윗줄에 적었다. 그 숫자들이 시간상 가장 먼저였다.

21 24 28 14

27 15 20 25

16 30 22 19

23 18 17 29

그는 눈앞에 있는 것이 뭔지 정확하게 알았다. 하지만 계산하고 싶지 않았다. 그림자가 비웃거나 말거나 상관하지 않았다. 빈센트는 눈을 감았다. 바깥에서는 해가 막 떠오르고 있었지만 그의 내면은 점점 더 어두워졌다.

*

"물론 기꺼이 도와드리겠습니다. 하지만 이 일을 저번에 만났을 때 이야기했더라면 더 효율적이었을 텐데요."

토르가 체념한 듯 손짓을 하며 율리아와 시선을 마주했다.

"시간을 내서 저희 쪽으로 와 주셔서 정말 고맙습니다."

율리아가 취조실에 마주 앉은 남자를 자세히 바라봤다.

"안타깝게도 그때는 아직 이 정보가 없었답니다."

그녀가 토르를 보고 처음 떠올린 단어는 '무결점'이었다. 옷과 헤어스타일, 그의 모든 것이 완벽했다.

"미나도 여기 있습니까?"

"지금은 없어요. 니클라스 장관님과의 개인적인 관계 때문에 당신이 미나와 자주 연락한다는 건 나도 압니다. 그래서 좀 더 거리가 있는 사람이 취조하는 편이 낫겠다고 생각했어요."

"취조라니요?"

토르가 격분한 표정을 지었다.

"혹시 내가 용의자인가요? 그렇다면 변호사와 이야기하고 싶습니다."

율리아는 고개를 저었다. 너무나 서툴게 단어를 선택한 자신의 뺨을 치고 싶었다. 하지만 이 사건은 그녀에게도 힘든 일이었다. 거기다 집안 문제까지 있었다. 율리아는 피곤했다. 말로 다 할 수 없이 지쳤다.

"죄송합니다. 잘못 표현했어요. 이 공간이 보통 취조를 하는 곳이라서요. 토르 씨가 우리에게 좀 더 자세히 설명해 주셔야 할 상황이 생겼습니다."

"이미 말했듯이 저는 기꺼이 도와드릴 겁니다."

토르의 말투가 누그러졌다.

"니클라스 장관님의 부재는 어떤 점에서 보아도 대형 사고 입니다. 이 나라에게도, 나 개인에게도 말이죠."

율리아는 몸을 앞으로 숙이고 목소리를 약간 낮추어 말했다.

"그렇다면 저희가 지금 얼마나 심한 압박감을 느끼고 있을지 짐작하시겠군요. 좀 전에 총리님이 전화했답니다."

"네, 총리님도 니클라스 장관님 때문에 걱정이 아주 많아요."

토르가 고개를 끄덕였다.

"오늘 아침에 나도 총리님과 통화했습니다. 총리님과 장관님은…… 아주 가까운 사이지요."

"이제 질문을 해도 될까요?"

율리아가 차분하게 물었다. 그녀는 일찌감치 취조에 대해 배운 점이 하나 있었다. 흥미가 없는 척할수록 질문을 받은 상대방이 부주의하게 대답한다는 것이었다.

"시작하시죠."

토르가 양팔을 활짝 벌렸다.

"얼른 해치웁시다. 내가 법치 국가 스웨덴에 다시 헌신할 수 있게 말이죠. 국가에는 내가 필요하니까."

율리아는 자기 귀를 의심했다. 토르는 스스로를 정말로 굉장히 높게 평가하는 듯했다.

"지하철 터널에서 뼈로 발견된 사람들 사이의 연관성을 드디어 찾아냈습니다."

율리아가 설명을 시작했다. 토르는 말이 이어지기를 기다리는 얼굴이었다.

"희생자들은 모두 20년 전에…… 어려움을 겪었어요."

"어려움이요?"

토르가 어리둥절한 표정을 지었다. 흠잡을 데 없이 완벽하게 어리둥절한 표정.

"위기라고도 표현할 수 있을 겁니다. 다행히 그들은 이 위기를 극복하도록 지원을 받은 듯합니다."

율리아가 잠시 말을 멈췄다. 토르는 그녀가 무슨 말을 하는지 모르는 것 같았다. 율리아는 녹화가 잘 되는 중인지 확인하려고 구석에 있는 카메라를 슬쩍 바라봤다.

"지원을 받았다니, 그게 무슨 뜻입니까?"

"흐음, 지원 방식은 다양하더군요. 재정적인 지원부터 연줄 만들기까지요. 매번 다른 얼굴을 내세웠고요. 하지만 이 모든 일 뒤에는 언제나 한 회사가 있었습니다. 히르드 AB라는 회사를 아시나요?"

토르가 몸을 움찔했다.

"그 회사는 우리 아버지, 아니 할아버지 소유였습니다. 그런데…… 무슨 말씀이시죠?"

"당신도 그 회사에서 일한 적이 있나요?"

"아니요, 난 사업에는 별로 관심이 없었어요. 정치 활동을 일찍 시작했죠. 청소년 시절에 온건당 청년 동맹에서 활동했고요. 가족의 사업 덕분에 내가 안락한 생활을 누린다는 사실은 부인할 수 없지만, 나는 기업에 참가한 일이 없습니다. 히르드든, 그 외 어디든."

"제가 말한 일은 당신 아버지가 사망한 뒤에 일어났습니다."

율리아가 그의 눈을 똑바로 바라봤다.

"그리고 당신 할아버지 역시 1983년에 이미 사망했지요."

"무슨 말을 하려는 건지 알 수가 없군요."

토르는 정말 당황한 표정이었다.

"재산은 따로 관리되고 있습니다. 나는 매달 일정 금액을 받아서 쓰고 있어요. 주택 관리비처럼 특정한 목적이 있는 계좌가 몇 개 있을 뿐입니다."

"그러니까 20년 전에 욘 랑세트와 에리카 세벨덴, 마르쿠스 에릭손과 같은 사람들에게 투자했던 사실을 모른다는 말씀이죠? 그리고 특히 니클라스 스토켄베리에 대한 투자도?"

니클라스를 언급하자 토르는 당황했다.

"장관님과 무슨 연관이 있죠?"

그가 물었다.

"장관님은 살면서…… 당신이 좀 전에 뭐라고 표현했더라 …… 위기를 겪었다는 말을 한 번도 하지 않았는데요. 장관님이 우리 집안에서 돈을 받았다는 말을 하고 싶은 겁니까? 그랬더라면 내가 알았을 텐데요. 언론은 그런 냄새를 아주 잘 맡으니까."

"저희가 히르드 AB의 활동을 좀 더 자세히 살펴봐도 되겠습니까?"

"원하는 대로 하시죠. 난 숨길 게 없습니다. 돈에 관심이 있었던 적은 한 번도 없어요. 내 목표는 항상 변화를 만들고 개선하는 것이었습니다."

"가족사에 대한 당신의…… 입장은 어떤가요? 집안의 사업을 멀리했다는 사실과 관련이 있나요?"

"하랄드 할아버지 이야기를 하는 거로군요."

토르가 한숨을 내쉬며 고개를 저었다.

"우리 가족의 역사에 있어 그다지 내세울 만한 부분은 아니죠. 그건 나도 당연히 인정해요. 하지만 나는 할아버지를 모르는 것이나 다름없습니다. 그분이 돌아가셨을 때 난 아직 어렸으니까요. 그저 들은 이야기로만 알고 있습니다. 하지만 그때는 지금과 다른 시절이었다는 사실도 잊어서는 안 됩니다. 당시 사람들은 두개골 둘레로 인종을 알 수 있다고 진지하게 믿었어요. 아마 현대에 DNA 테스트를 통해 자신의 기원을 알고 싶어 하는 사람들과 비슷한 욕구를 이런 방식으로 충족했을 겁니다. 니클라스 장관님도 작년 크리스마스에 전 직원에게 그런 테스트를 선물하셨어요. 그걸 무척 흥미롭다고 생각하셨기 때문에…… 흠, 그리고 어쩌면 그게 '우리'와 '타인'을 구별하는 방식의 일종인지도 모르죠. 사람들은 언제나 자신이 특정한 집단에 속해 있다고 느끼니까요."

"다시 말해서 당신은 아버지인 루네나 할아버지인 하랄드가 살인 희생자 세 명 또는 니클라스 장관님과 어떻게 연관되어 있는지 모른다는 거죠?"

"당신이 그 세 명을 언급하기 전까지 저는 그들의 이름을 들어 본 적도 없습니다. 장관님과 지하철에서 발견된 유골들 사이에 뭔가 관련이 있다는 게 확실한가요?"

"더 그럴듯한 추측이 있나요?"

"개인적으로는 니클라스 장관님의 납치 배경에 정치적 의도가 있다고 생각합니다."

"정치적이라고요? 어떤 의미에서?"

율리아는 카메라를 다시 슬쩍 봤다. 디스플레이 화면에는 여전히 'RECORD' 표시와 빨간 불이 깜박이고 있었다.

"대혼란이죠. 모든 정치적 변화의 기초, 대혼란."

토르가 목소리를 높여 대답했다.

"정치적인 지식이 별로 없어서요. 좀 더 자세히 설명해 주시죠."

"질서와 대혼란이 있습니다. 두 개의 반대 극이지요. 이 둘은 우리 눈에 명확하게 정의되는 상수로 보입니다. 그럼에도 다양한 각도에서 그것들을 바라볼 수 있어요. 세계 대전 후에 서구에서는 정치적 자유와 합법적인 반대에 기반을 둔 민주주의라는 이념이 형성됐습니다. 그러나 같은 개념이 중국에서는 무력하고 비효율적인 것으로 간주됩니다. 질서인가, 아니면 대혼란인가? 중국은 경제적 자유주의와 정치적 자유주의를 구별합니다. 자유 시장은 좋으나 정치적 반대와 종교의 자유, 집회의 자유, 표현의 자유는 나쁘다고 합니다. 스웨덴에서는 민주주의가 모든 국가의 지향 규범이며 당연한 목표라고 믿습니다. 하지만 이미 1933년에 헤르베르트 팅스텐은 민주주의의 생존을 보장할 수 없다고 저술했습니다. 민주주의는 질서를 구현할까요? 아니면 대혼란을 야기할까요?"

"그게 장관님의 실종과 무슨 관계가 있죠?"

토르가 탁자 위로 몸을 숙였다.

"내 생각엔, 누군가가 대혼란을 일으키려는 것 같습니다."

그가 힘주어 말했다.

"법무부 장관을 납치하고 또는 살해함으로써 말이지요. 어쩌면 고위 인사들에 대한 또 다른 암살이 줄을 이을지도 모릅니다. 앞서 말했듯이 대혼란이죠. 지금 이 나라는 대혼란으로 가는 길에 있습니다. 경찰이 최선을 다한다는 거 나도 압니다. 하지만 너무 늦었어요. 총질, 마약 밀수, 명예 살인. 이미

나라가 벼랑 끝에 서 있는데, 법무부 장관의 죽음은 우리를 그 아래로 밀어 버릴 겁니다. 지금까지 생각지도 못한 새로운 것을 창조하려는 누군가는 이 상황에 흥미를 느낄 수도 있죠. 팅스텐처럼 민주주의가 정점을 지났다고 생각하는 사람이 많습니다. 전 세계가 직면해 있는 과제를 돌파하고 이 나라를 이끌어 가려면 강력한 손이 더 적합하다고 믿는 거죠. 내 생각에 니클라스 장관님의 납치는 스웨덴 록스타의 데뷔 과정이나 동기 부여 트레이너의 계약 내역보다는 이런 주제와 더 관련이 있습니다."

그는 마지막 문장을 말하면서 비웃듯 코를 찡그렸다.

율리아가 자리에서 일어나며 말했다.

"몇 가지 질문을 드릴 것이 있는데요. 그 전에 얼른 화장실에 좀 다녀오겠습니다."

"여기서 기다리지요."

토르가 물컵을 쥐었다.

율리아는 취조실을 나와 화장실로 향했다. 복도 모퉁이를 돌아간 후 주머니에서 휴대폰을 꺼내 연락처에 있는 검사에게 전화했다.

"안녕하세요. 율리아 함마르스텐입니다. 급하게 체포 영장이 필요해요. 토르 스벤손입니다. 네, '그' 토르 스벤손이요. 필요한 서류를 바로 보내겠습니다. 고맙습니다. 법무부 장관

에 관한 일이니 빠른 처리가 얼마나 중요한지 말씀 안 드려도
아실 겁니다. 고맙습니다."

율리아는 심각한 표정으로 통화를 끝냈다. 토르는 흠잡을
데 없어 보였지만 완벽하지는 않았다. 그는 거짓말을 했다.
율리아는 그가 '왜' 거짓말을 했는지 이유는 알 수 없었지만,
거짓말을 했다는 '사실'은 알았다. 그는 율리아가 바라던 바로
그 실수를 했다. 말을 너무 많이 한 것이다.

*

아담은 청소년 복지국 담당 직원의 이름을 적은 쪽지를 들
여다봤다. '만뒤 발'. 그는 천천히 복도를 지났다. 마지막 사무
실이었다. 문을 노크했다.

"들어오세요."

안에서 어떤 목소리가 말했다.

자그마한 사무실에서는 계피와 전나무 향기가 났다. 아담
은 향기의 근원을 바로 찾아냈다. 만뒤의 책상에서 향초가 타
고 있었다. 힘차게 깜박이는 심지는 벽난로를 연상시킬 만큼
크게 바작바작 소리를 냈고, 강림절 촛대와 스트링 라이트가
어우러져 사무실을 무척 안락하게 해 주었다.

아담은 자기를 기다리고 있던 청소년 복지국 직원에게 악

수를 청했다.

"불을 켜는 게 좋을까요?"

만뒤 발이 물었다.

"사실 난 컴퓨터 앞에 앉아서 하는 일이 많기 때문에 천장 조명을 켜지 않는 게 더 편하거든요. 그리고 연말연시에 일을 해야 하니 조금은 아늑한 분위기를 만드는 것도 나쁘지 않고요. 드세요."

만뒤 발이 생강 쿠키 통을 가리켰지만 아담은 고개를 저었다. 큰 키에 굴곡이 풍만한 그녀는 빨간 반코트를 걸치고 있었다.

"어디 출신인가요?"

그녀가 물었다. 그리고 도발하듯 그를 빤히 바라봤다.

"부모님은 우간다 출신이었습니다."

그가 대답했다.

어머니에 대해 과거형으로 이야기하는 게 여전히 낯설었다. 언젠가 익숙해질 수 있을 거라는 생각도 들지 않았다.

"제 어머니는 임신한 몸으로 혼자 스웨덴에 오셨습니다. 웁살라 대학교에서 자리를 얻으셨지요."

"나는 소말리아예요. 남편 안데르스가 사업차 소말리아에 왔을 때 그를 만났죠. 30년 됐고, 잘 자란 아이 셋이 있답니다."

그녀가 가족사진 액자를 가리켰다.

"자녀를 두셨나요?"

"아니, 아직 아닙니다."

아담의 눈앞에 율리아와 하뤼가 나타났다. 그는 얼른 화제를 바꾸었다.

"음, 어느 가족에 대한 일로 몇 가지 질문이 있어서요. 제가 확인한 보고서에 따르면 담당자가 당신이었습니다."

"보고서라고요? 아동 학대로 고발이 됐나요?"

"네, 여러 차례 그랬습니다. 가족의 지인들이 걱정을 많이 했었다더군요. 그 사건이 현재 수사하고 있는 사건과 연관이 있어서 저희 팀장님이 조사해 보도록 한 거고요. 당시에 청소년 복지국뿐 아니라 경찰도 수사를 했었습니다."

"당시요?"

"네. 죄송한데, 이 사건은 30년도 더 전의 일입니다."

만뒤는 누군가 악취 풍기는 물건을 무릎에 올리기라도 한 것처럼 인상을 찌푸렸다. 아담은 청소년 복지국 문서실도 경찰 문서실만큼이나 디지털 작업이 뒤처져 있을 거라고 짐작했다. 그는 만뒤가 가리키는 방문객용 의자에 앉았다. 그러다 생강 쿠키 냄새가 너무 좋아서 더는 참지 못하고 하트 모양의 쿠키 하나를 집었다.

"아이고, 30년 전이면 난 여기서 일을 막 시작했을 때였어요."

만뒤가 말했다.

"그때 이후로 수많은 가족을 담당했지요. 그 가족의 이름을 아시나요?"

아담은 고개를 끄덕였다. 대답하려고 하는데 입에 쿠키가 가득해서 일단 씹어 넘겨야 했다.

"스벤손, 비에른과 린다 스벤손입니다. 아들이 한 명 있었어요. 파일 번호도 가지고 왔습니다."

"아주 좋아요. 그러면 일이 훨씬 쉬워지지요."

만뒤는 고리에 걸려 가슴께에서 대롱거리던 독서용 안경을 쓰고 아담의 쪽지를 보며 컴퓨터에 번호를 입력했다. 그녀는 모니터에 뜨는 내용을 보면서 나지막하게 노래를 흥얼거렸는데, 향초가 바작바작 타는 소리와 조화를 이루었다.

"여기 있네요."

만뒤가 모니터에 더 가까이 다가갔다.

"아, 기억나요. 부모가 모두 심리적 문제에 시달렸었죠. 비에른은 조울증으로 정신병동에 여러 번 입원했어요. 요즘은 양극성 장애라고 부르지요. 린다는 우울증이었고요. 우리는 그때 어린 마티아스를 부모에게서 강제로 분리해 보호해야 할지 여러 번 논의했어요. 그런데 이렇게 말해도 되는지 모르겠지만, 비에른과 린다가 잘 지낼 때는 무척 좋은 부모라는 점이 문제였지요. 이런 경우는 항상 어려워요. 결국 마티아스의 강제 분리 보호에 반대하는 결정을 내렸고, 그 대신 린다와 비에른에게 지원을 제안했어요. 하지만…… 결국 아무것도 도움이 되지 못했답니다."

"제가 들은 바로는 아이 엄마가 자살했다던데요?"

율리아는 이 불행한 가족에 대해 토르에게서 얻은 정보가 많지 않다고 했다. 그러나 그나마 알아낸 내용만으로도 이미 끔찍했다. 만뒤가 이마를 찌푸렸다.

"맞아요. 린다는 베스테르브론 다리에서 뛰어내렸지요. 비에른은 아들과 함께 사라졌고요. 우린 그가 아이를 데리고 자살한 것으로 추정했는데 시신은 발견되지 않았어요. 비극이죠. 엄청난 비극이에요. 그는, 그러니까 비에른은 집안의 도움을 많이 받았어요. 난 그의 형하고도 여러 번 연락을 했는데, 이름이 뭐였더라…… 아, 루네군요. 루네 스벤손. 그 가족은 우애가 깊었어요. 루네는 자기가 할 수 있는 일을 다 했고요."

만뒤는 독서용 안경을 벗고 아담을 바라봤다.

"왜 그 가족에 대해 묻는 거죠? 그를 발견했나요?"

만뒤의 질문에 아담은 혼자만의 생각에서 벗어났다.

"지금은 알려 드릴 수 없습니다."

그가 대답했다. 만뒤는 고개를 끄덕였다. 처음 듣는 말이 아니었다.

"모두 출력해 드리죠. 도움이 되면 좋겠네요."

만뒤가 말했다. 그리고 아담에게 환하게 미소를 지었다.

"생강 쿠키 가지고 가세요."

아담이 망설이자 만뒤가 때리는 시늉을 하듯 손을 올렸다.

"하트를 하나 더 먹지 않으면 맞을 줄 알아요."

아담은 순간 어깨가 움츠러들었다. 그리고 입이 귀에 걸릴 만큼 활짝 웃었다. 그의 엄마도 언제나 때리는 척하며 장난을 쳤었다. 그는 기쁜 마음으로 하트 과자를 하나 집었다.

*

빈센트는 나탈리가 듣지 않는지 확인하려고 거실을 흘깃 넘겨다봤다. 나탈리는 요즘 젊은 사람들 사이에서 유행한다는 넷플릭스의 새로운 시리즈에 푹 빠져 있었다. 빈센트가 HBO 맥스에서 〈둠 패트롤〉을 같이 보자고 했을 땐 나탈리는 무슨 소리냐는 듯이 그를 빤히 쳐다봤었다.

"오라고 해 줘서 고마워요."

그가 미나에게 말했다.

"당신은 언제든 와도 돼요. 알잖아요. 타인과 거리를 두는 게 나에게 좋지만은 않더라고요."

미나가 미소를 지었다. 그러고는 나탈리와 함께 먹고 남은 점심 식사를 냉장고에 넣었다. 빈센트는 아무 말도 하지 않았다. 미나가 남은 음식을 보관하게 되었다. 큰 발전이다. 미나

보다는 나탈리가 먹을 음식이겠지만, 뭐 어쨌든.

"당신, 통화할 때 무척 우울한 목소리였어요."

미나가 말했다.

빈센트는 고개를 끄덕이고, 우편함에서 발견한 그림자의 편지를 꺼내 미나에게 건넸다.

"'우울'이 맞는 단어인지 모르겠어요. 그림자가 오늘 저녁에 만나자고 하더군요."

미나는 어리둥절한 표정으로 편지를 읽었다.

"곤돌렌 레스토랑에서요? 알았어요. 사복 경찰들로 레스토랑 전체를 채우고……."

"안 돼요."

빈센트가 미나의 말을 막았다.

"제발 그러지 말아요. 그러면 내 가족이…… 큰 위험에 처하게 될 거예요."

거실에서 구슬픈 현악기 소리가 울려 퍼졌고, 텔레비전에서 누군가가 어떤 이름을 불렀다.

"바보 같아."

나탈리가 크게 소리쳤다.

"그런 게 어딨어."

"소식 들은 거 있어요?"

미나가 아까보다 조금 더 목소리를 낮춰서 물었다.

"당신 가족한테서요."

빈센트는 고개를 저었다.

"아니요. 가족 생각을 많이 하지 않으려고 해요. 그 대신 그림자의 요구를 들어주는 데에 정신을 집중하고 있어요. 물론 우리 사건도 생각하고요. 끔찍하게 들릴지도 모르겠지만…… 가족 생각만 계속하다 보면 난 그저 징징거리기만 하는 짐 덩어리가 돼 버릴 거예요. 자신을 추스르지도 못하고 아무에게도 도움이 안 되겠죠. 가족이 괜찮은 대우를 받고 있다고 믿을 수밖에 없어요. 그림자에게는 내 가족을 괴롭힐 이유가 없기도 하고요. 그 사람은 나를 노리는 거니까."

미나가 종이를 뒤집었다.

"이게 뭐예요?"

뒷면에 적힌 숫자를 본 그녀가 놀라서 물었다. 빈센트는 그림자가 보낸 숫자들의 배열을 들여다봤다.

21 24 28 14

27 15 20 25

16 30 22 19

23 18 17 29

"그림자가 보낸 또 다른 메시지예요."

그가 대답했다.

"가족 일정이 적힌 달력과 크리스마스카드, 알람 시계, 정원에서 찾은 숫자들이요. 그림자는 내가 무슨 일을 하든 사방에 이 숫자의 의미가 들어 있다는 말을 하려는 것 같아요. 말하자면 나는 내내 이 숫자에 에워싸인 채 살고 있는 거죠."

"숫자에 어떤 의미가 있는데요?"

거실에서 들리던 현악기 소리가 쿵쿵거리는 베이스 소리로 바뀌었다. 나탈리가 보는 프로그램이 클라이맥스에 접어드는 모양이었다.

"지난가을에 그림자가 보냈던 모든 메시지와 똑같아요. 이리 와서 앉아요."

그가 미나의 손에 볼펜을 쥐여 줬다.

"가로로 더하면 어떤 숫자가 나와요?"

미나는 입을 다문 채 볼펜으로 네 개의 행을 두드렸다.

"합계가 다 같네요."

잠시 후에 그녀가 말했다.

"모두 87이 나와요."

"맞아요. 이제 세로로 해 봐요."

미나는 정신을 집중하여 재빨리 암산했다.

"이게 도대체 무슨…… 이것도 모두 87이에요."

빈센트는 미나의 손에서 볼펜을 받아 볼펜 끝으로 처음엔 행을, 그 다음엔 열을 가리켰다.

"두 방향 모두 87이 나오죠."

그는 두 번째와 세 번째 행 사이에 가로선을 긋고, 두 번째와 세 번째 열 사이에 세로선을 그었다. 이제 숫자들은 똑같은 크기의 정사각형 네 개로 나누어졌다. 그가 왼쪽 위의 정사각형을 가리켰다.

"21, 24, 27, 15. 이것도 87이에요. 그 옆에 있는 28, 14, 20, 25. 이번에도 87. 나머지 두 개도 똑같아요. 합은 항상 87이 나와요."

"이걸 어떻게 계산……."

미나가 겨우 입을 열었다.

"이게 끝이 아니에요. 네 귀퉁이에 있는 숫자를 봐요. 21, 14, 23, 29. 역시 87이에요. 대각선으로 21, 15, 22, 29와 14, 20, 30, 23. 둘 다 87이죠. 합이 87이 되는 방법은 이것 말고도 더 있어요."

미나는 믿지 못하겠다는 듯이 고개를 저었다.

"이걸 마방진이라고 해요."

빈센트가 말했다.

"아주 오래된 수학 문제예요. 내 첫 공연에서 이게 하이라이트였어요. 그때 멘탈리스트 빈센트 발데르가 세상에 처음으로 알려졌죠. 그림자는 언제나 내 처음과 끝에서 맴돌아요. 나의 알파와 오메가에서, 위대한 피날레에서. 어디를 보든 나는 늘 다시 이곳으로 돌아와요."

그는 종이를 더는 볼 수 없어서 구겨 버렸다.

"엄마, 우리 생강 쿠키 있어요?"

나탈리가 거실에서 소리쳤다.

"직접 찾아보렴."

미나가 대답했다.

나탈리가 일시정지를 누르자 텔레비전이 조용해졌다. 아이가 부엌으로 와서 찬장을 뒤졌다. 그러다 빨간 통을 꺼내서 살살 흔들어 봤다. 못해도 반은 남은 것 같았다.

"두 분 다 왜 그렇게 표정이 이상해요?"

나탈리가 물었다.

"갑자기 쥐 죽은 듯이 조용하네요. 비밀 얘기 해요?"

"우린 일하는 중이야. 너도 여기 앉아서 들어도 돼."

미나가 대답했다.

"아빠와 할아버지 사건에 대해 뭔가 새로운 게 있어요?"

"우리 아가, 안타깝지만 없어. 우린 지금 수학 문제를 푸는 중이거든. 너도 같이 할래?"

"제정신이세요? 난 지금 방학이라고요."

나탈리가 생강 쿠키 통을 들고 사라졌다. 미나는 딸이 아버지의 실종과 할아버지의 죽음 때문에 트라우마가 있을 텐데도 지극히 평범한 청소년처럼 굴어서 다행이라고 생각했다.

"이해가 안 돼요."

텔레비전 소리가 다시 들리자 미나가 말했다.

"왜 87이에요? 이 숫자에 무슨 뜻이 있죠?"

"기억 안 나요?"

빈센트가 되물었다.

"아니다, 당연히 모를 거예요. 당신이 어떻게 알겠어요. 8, 7은 7월 8일이라는 뜻이에요. 우리 엄마의 생일. 에인이 표지에 표범 사진이 있는 책에 메시지를 넣어서 그날을 기억나게 했었죠. 그림자에 따르면 우리 엄마가 사망한 여름이 나의 알파, 나의 시작이래요. 그림자가 루벤에게 보낸 신문 기사에도 그런 암시가 있었어요. 당시에는 아무도 눈치채지 못했지만요. 그리고 이제…… 나의 종말이 온 모양이에요."

미나는 구겨진 종이를 그의 손에서 가져와 반듯하게 펴고, 그가 일상에서 끊임없이 마주쳤던 그 숫자들을 빤히 들여다봤다.

"정신적으로 아픈 사람이네요."

그녀가 말했다. 빈센트가 천천히 고개를 끄덕이고 대답했다.

"내가 왜 혼자 그림자를 만나야 하는지 이제 당신도 알겠죠. 율리아나 다른 사람들에게는 얘기하지 말아요."

미나는 말없이 그를 바라봤다.

"그런데 부탁 하나 들어줄래요?"

그가 물었다.

"내가 오늘 저녁 8시까지 연락이 없으면 정복 경찰관과 경광등을 켠 경찰차를 최대한 동원해서 나를 찾아 줘요."

*

미나는 회의실 분위기를 잘 나타내는 단어를 생각해 봤다. '고취되다'. 팀원들은 수사 과정에서 지금까지는 제자리에서 움직이지 않던 것들이 속도를 내어 해결을 향해 달려가는 순간에 도달했다. 목표는 아직 정확하게 보이지 않았지만 어쨌든 마침내 여기까지 왔다.

"로케는 어디 있지?"

루벤이 주위를 둘러봤다.

"밀다가 지금 그가 없으면 안 된대. 밀다는 중요한 병문안을 갈 일이 있다는 것 같아."

율리아가 대답했다.

"유감스럽군. 그 남자에게 이제 막 익숙해졌는데 말이야."

"틀림없이 다시 올 거야. 아담, 너부터 시작해."

아담이 헛기침을 하고 발표를 시작했다.

"스벤손 가족을 담당했던 청소년 복지국 직원을 만나 봤어. 비에른과 린다는 심리적인 문제가 있어서 복지국에서도 그들의 아들인 마티아스를 강제 보호해야 할지 여러 번 고민했다고 하더군. 그런데 린다가 베스테르브론 다리에서 뛰어내려 목숨을 끊었고, 그 얼마 후에 비에른과 마티아스가 실종됐지. 그래서 사람들은 그 둘도 사망했다고 짐작했대. 토르에게 들었던 대로 비에른이 아들을 데리고 자살했다고 추정한 거야."

말을 마친 아담이 얼굴을 찌푸렸다.

"그런데 죽은 게 아니라 터널에서 근근이 목숨을 부지하고 있었군."

루벤이 말했다.

"사람 운명이라는 게 참."

"그러니까 토르 스벤손은 마티아스라는 남자아이의 사촌이네?"

미나가 물었다.

"토르는 두 시간 전에 여기 왔어."

율리아가 말했다.

"몇 가지 질문할 게 있었거든. 짧게 얘기하고 바로 체포 영장을 신청했어."

테이블에 앉아 있던 팀원들은 모두 충격을 받은 듯했다.

"영장이 발부된다고 해도 아마 오래 구금되지는 않을 거야."

율리아가 말을 이었다.

"검찰에서도 아직 답이 없고. 일단은 토르를 점심시간에 불러내서 최대한 오래 붙잡아 두려고 해. 여기를 금방 떠나지는 못하도록."

"멍청한 질문을 해서 미안한데…… 뭐라고? 도대체 무슨 일이 일어난 거야?"

루벤이 물었다.

"조금만 기다려 줘. 아직 밝힐 상황이 아니라서. 일단 빈센트가 취조 영상을 보고 토르의 행동에서 받은 인상을 나에게 편견 없이 말해 줘요."

"당신도 같이 있었어요?"

루벤이 빈센트에게 물었다.

"아니요. 내가 없는 편이 확실히 더 나았을 거예요."

빈센트가 대답했다.

"난 지난 몇 년간 취조 과정에 여러 번 참석했으니, 토르가 눈치챌 위험이 있어요. 내가 그 자리에 있었다면 그는 아마 담을 쌓았겠죠. 회의가 끝나면 영상을 볼게요."

율리아가 고개를 끄덕였다. 미나는 방금 율리아가 한 말을 여전히 받아들이지 못했다. 늘 흐트러짐 없는 토르가 구금된 모습은 상상하기 힘들었다. 생각만으로도 기이하게 느껴질 정도였다.

"토르와 마티아스의 가족사도 살펴봤죠. 지금까지 알아본 정보를 정리해 주세요."

율리아가 크리스테르를 향해 고개를 끄덕였다. 그가 서류를 들었다.

"그러니까 마티아스의 아버지 비에른은 토르의 아버지 루네의 동생이야."

그가 서류의 내용을 발표했다.

"비에른과 루네의 아버지는 하랄드인데, 2차 세계 대전 때 독일에서 히틀러 진영에 있던 스웨덴 사람 중 하나였어. 독일의 다하우 강제 수용소에서도 근무했다고 하더군."

"스웨덴에도 히틀러 추종자가 있었던 줄은 몰랐네요."

루벤의 눈이 휘둥그레졌다.

"2차 세계 대전 중엔 스웨덴에도 나치가 무척 많았어."

크리스테르가 흥분해서 말했다.

"독일까지 가서 히틀러의 제3제국을 위해 싸운 정신 나간 사람들도 있었다니까."

"하랄드가 그 일로 처벌을 받았나요?"

아담이 물었다. 크리스테르가 고개를 저었다.

"하랄드는 아주 부유하고 명망 높은 가문 출신이었어. 스웨덴으로 돌아와서는 가족 기업인 히르드 AB에서 고위직을 맡았지. 그 후로는 그에 대한 이야기가 별로 없어. 부자들은 언제나 잘 피해 가잖아."

"아들들도 나치였어요?"

미나가 호기심에 차서 몸을 앞으로 숙였다.

"그건 찾지 못했어. 루네는 사업체를 계속 운영하면서 가족 재산을 관리했지. 비에른은 스웨덴어와 역사를 가르치는 교사가 됐고…… 흐음, 더는 일할 수 없을 때까지 교사로 일했어."

"그러고 나서 비에른과 마티아스는 터널의 왕과 왕자가 된 거야."

율리아가 덧붙였다.

"미나, 너는 비비안이나 다른 사람들과 얘기해 봤잖아. 그들이 왕자가 언제 터널을 떠났는지 말했어?"

"아니, 직접 말하지는 않았어. 그런데 왕자의 어린 시절에 대해서만 얘기하는 걸로 봐선 그가 어렸을 때만 같이 지냈던 것 같아."

"아직도 제대로 풀린 게 없네."

율리아가 말했다.

"자동 응답기 멘트에 따르면 우리가 니클라스 스토켄베리를 찾을 시간은 이제 사흘뿐이야. 모든 퍼즐 조각을 다 맞추기엔 빠듯한 시간이고. 지금은 그가 어디 있는지 알아내는 게 중요해. 또는 누가 그를 잡아 두고 있는지."

빈센트가 갑자기 크게 신음을 흘렸다. 미나가 놀라서 움찔했다.

"무슨 일이에요? 괜찮아요?"

그녀가 걱정스럽게 물었다.

"장관이 받은 전화번호가 적힌 명함 말이에요."

빈센트가 말했다.

"당연히 욘과 마르쿠스, 에리카도 받았겠죠. 바로 그것 때문에 그들 모두 갑자기 달라진 것처럼 보였던 거예요. 2주 전에 이미 자기가 죽게 되리라는 걸 알았던 거죠."

"빌어먹을."

루벤이 끼어들었다.

"그리고 다들 터널에서 끝난 거고."

한동안 다들 말없이 앉아 있었다.

"지금이 이 말을 할 적절한 때인지는 모르겠는데, 저번에 얘기한 대로 아카이를 만나 봤어."

아담이 입을 뗐다.

"욘 랑세트의 뼈를 발견한 거리 예술가 말이야. 그가 작년에 그린 엄청난 벽화를 나에게 보여 줬어. 우리가 터널에서 만났던 사람들을 그렸더군. 정말로 탁월한 재능의 소유자였어."

아담이 휴대폰을 꺼내 사진을 찾았다. 그리고 벽화 사진을 찾아서 휴대폰 화면을 팀원들 쪽으로 돌렸다.

"오른쪽으로 밀지 말고, 왼쪽으로도 밀지 말고, 그냥 보세요'. 인스타그램에서 그러던데."

루벤이 킥킥거리며 말하고는 사진을 본 후에 미나에게 휴대폰을 건넸다.

미나는 휴대폰을 받지 않고 사진만 들여다보려고 했다. 온 갖 세균이 버글거리는 타인의 휴대폰은 아주 싫었다. 그러나 결국은 호기심이 강박증을 이겼다.

그녀는 속으로 단단히 무장하고 더 가까이에서 보기 위해 휴대폰을 받아 들었다. 나중에 소독제를 많이 바르면 되니까.

아담 말이 맞았다. 그림은 압도적이었다. 한 명 한 명 모두 알아볼 수 있었다. 비비안, 셸레, OP, 나타샤. 한 명은 모르는 얼굴이었다. 더욱이 누군가 그 위에 스프레이로 "수시가 여기 다녀감"이라고 써서 얼굴 윤곽이 잘 보이지 않았다. 그런데 그 사람의 머리 위에 뭔가 그려져 있는 것이 보였다. 미나는 아담에게 사진을 보이며 그 부분을 가리켰다.

"여기 이건 뭐야? 플래시가 바로 거기에 반사돼서 알아볼 수가 없네. 넌 그림을 직접 봤잖아. 혹시 기억 안 나?"

아담은 입을 다문 채 한동안 그림을 살펴봤다.

"잘 모르겠어. 난 아마 광배라고 생각했던 것 같아. 어쩌면 지하에서 살다가 죽은 사람 중 하나인지도 모르지."

그가 어깨를 으쓱했다. 미나는 정신을 집중하여 사진을 들 여다봤다. 그러다가 자신이 보고 있는 게 뭔지 깨달았다.

"광배가 아니라 왕관이야. 왕의 머리에서 볼 수 있는 것. 아 니면…… 왕자에게서나."

침묵이 찾아왔다. 율리아가 급히 미나에게 달려와 화면을 자세히 들여다봤다.

"미나 말이 맞아. 하지만 이 사람은 아이가 아니라 어른이
네. 정말 1년 전에 이 작품을 그린 거야?"

아담이 고개를 끄덕였다.

"현재 터널에 사는 사람들을 그린 거고?"

율리아가 심각한 목소리로 말을 이었다.

"그렇다면 왕은 아니지. 여기 이 사람이 왕의 아들이라면
토르의 사촌은 여전히 터널에 있는 거로군. 왕자가 자기 아버
지를 왕처럼 장사 지낸 거라면……."

"……그가 다른 사람들의 장례도 치렀을 가능성이 있죠."

빈센트가 말했다.

"우린 이 마티아스라는 사람을 찾아야 해요."

*

율리아가 취조실에 설치한 소형 카메라는 토르와의 대화
를 초고화질로 녹화해 주었다. 덕분에 빈센트는 토르 얼굴의
모든 움직임을 확대해서 볼 수 있었다. 어떤 점에 주의해야
하는지만 알면 봐야 할 것은 명확했으므로 사실 확대할 필요
도 없었다. 빈센트는 어디를 주의 깊게 봐야 하는지 잘 알고
있었다.

그는 율리아가 희생자들이 어려움을 겪었다고 말하기 직전에 일시정지를 눌렀다.

"여길 봐요."

그가 옆에 앉은 미나에게 말했다.

"뭐가 보여요?"

미나를 곁눈질하던 그는 자기도 모르게 심장 박동이 빨라졌다. 빈센트는 100퍼센트 일에 몰입하고 있으면서도 미나에게 빠져들었다. 뭔가에 집중할 때 미나는 이루 말할 수 없이 아름다웠다.

그는 문득 미나가 자신의 다음 행동을 기다린다는 것을 깨닫고 얼른 영상을 다시 재생했다.

그들은 율리아가 그 문장을 말하고, 토르가 의아한 표정으로 '어려움'이라는 단어에 대해 묻는 모습을 지켜봤다. 빈센트가 다시 일시정지를 눌렀다.

"어리둥절한 것 같아요."

미나가 말했다.

"율리아가 무슨 말을 하는지 잘 모르겠다는 표정이에요."

"그렇죠. 그런데 그가 직전에 뭘 하는지 봐요."

그는 영상을 돌려서 율리아가 '어려움'이라고 말한 직후에 일시정지를 눌렀다. 토르의 표정은 아주 잠깐만 보였다. 빈센트는 토르의 표정이 잘 보이는 장면을 찾기 위해 이 과정을 여러 번 반복했다.

"미세 표정."

그가 모니터를 향해 고개를 끄덕였다.

"심리학자 폴 에크먼에 따르면 우리에게는 일곱 가지의 기본 감정이 있어요. 분노, 두려움, 기쁨, 슬픔, 놀람, 경멸, 혐오. 이 기본 감정은 각각 표정에서 드러나죠. 감정적 반응을 감추는 건 매우 어려워요. 감정은 저절로 일어나고, 의식적인 반응보다 앞서니까요. 에크먼은 이걸 미세 표정이라고 불렀어요. 우리 의식이 표정을 통제하려고 시도하기 전에 나타나는, 진짜 감정을 알려 주는 빠르고 짧은 반응이죠. 예를 들어 어리둥절하게 보이는 여기 말이에요. 그 직전에 뭐가 보여요?"

화면에서 토르의 한쪽 입꼬리가 위로 빳빳하게 올라가 있었다. 겨우 몇 밀리미터였지만 그것으로 충분했다. 그가 보이는 것은 미소였다.

"토르는…… 오만해 보여요."

미나가 대답했다.

"맞아요. 이 표정은 경멸을 표현해요. 아주 짧은 순간에 불과하죠. 그래서 미세 표정이에요. 그 다음에 인위적인 어리둥절한 표정이 나타나요."

빈센트는 그 장면 전체를 다시 보여 줬다. 눈 깜박임보다도 빠르게 지나가는 순간 토르 얼굴에 나타나는 변화를 그녀가 알아보길 바랐다. 미나가 흥분해서 고개를 끄덕이며 말했다.

"저거예요! 우와, 어디에 주목해야 하는지 알고 보니까 아주 선명하게 보이네. 하지만 당신이 미리 말해 주지 않았더라면 결코 알아챌 수 없었을 거예요. 그의 표정은 뭘 의미하는 거죠?"

"두 가지예요."

빈센트가 미나에게로 몸을 돌렸다.

멍청이. 그는 미나와 가까이에서 눈이 마주치자 순간 당황했다. 하지만 미나는 그가 이제부터 하려는 말에 진심으로 관심이 있는 듯했다. 정말 정신을 차려야 했다.

"일단은."

그가 헛기침을 하고 말을 이었다.

"토르는 율리아가 어떤 어려움을 말하는 건지 정확하게 알고 있어요. 머릿속에 뭔가 구체적인 것이 없으면 이렇게 격렬하게 반응하지 않아요. 다른 말로 하면, 그는 희생자들의 배경에 대해 뭔가 알고 있어요. 그들을 전혀 모른다면 이렇게 반응할 리가 없죠."

"그러니까 에리카와 욘, 마르쿠스를 모른다는 그의 주장은 거짓말이군요."

미나가 생각에 잠겨 말했다.

"그래야 설명이 돼요. 둘째로, 그는 희생자들의 '어려움'을 경멸해요. 유족들의 진술에 따르면 에리카와 마르쿠스, 욘은 자살이 우려될 정도로 심각한 우울증에 시달렸어요. 그래서 내 결론은, 토르는 자기가 판단하기에 약한 사람을 경멸한다는 거예요."

"그렇다면 토르는 희생자들이 누구인지 알았고, 그들이 어떤 일을 겪었는지도 알았다는 거네요."

미나는 등을 뒤로 기댄 다음 눈을 감았다.

"그래서 그들을 경멸했고요."

그녀가 말을 이었다.

"그는 니클라스를 잘 알죠. 비슷한 일을 겪었다는 것도요. 토르는 틀림없이 그를 경멸하고 있겠군요."

그때 미나가 눈을 번쩍 뜨고 충격을 받은 표정으로 빈센트를 빤히 바라봤다.

"빈센트, 모든 사람이…… 그러니까 나도 이렇게 쉽게 속마음이 읽혀요? 나도 미세 표정이 있어요?"

"무슨 말을 하는지 모르겠네요."

그가 순진한 표정을 지으며 대답했다. 하지만 바로 그 순간 빈센트는 자신의 겉모습을 꿰뚫어 보는 방법을 미나에게 알려 줬다는 사실을 깨달았다. 이런.

"토르에 대해서 얼마나 확신해요?"

미나가 물었다.

"나는 아직 취조 영상에서 체포 요건을 충족할 만한 걸 발견하지 못했어요."

빈센트는 고개를 끄덕이고 커서를 영상 마지막 몇 초에 올린 다음 재생을 눌렀다.

"내 생각에 니클라스 장관님의 납치는 스웨덴 록스타의 데뷔 과정이나 동기 부여 트레이너의 계약 내역보다는 이런 주제와 더 관련이 있습니다."

화면 속 토르가 말했다.

"저기 또 미세 표정이 보여요. '록스타'라고 말할 때 경멸이 드러나요."

"아주 좋아요. 그런데 그가 말한 내용도 들었어요? 율리아는 그냥 투자 이야기만 했어요. 그런데 토르는 데뷔 과정을 지원했다는 걸 어떻게 알죠? 율리아는 동기 부여 트레이너의 계약도 언급하지 않았어요. 토르가 그걸 어떻게 알았을까요? 나는 율리아가 바로 그 점에 반응했다고 확신해요. 토르는 자신이 몰랐어야 하는 일에 대해 얘기해 버렸어요. 율리아가 완벽하고도 올바르게 일을 처리한 거예요. 토르는 겉으로는 아닌 척했지만 이 일에 아주 깊이 관련되어 있어요. 그는 희생자 세 명, 니클라스까지 더하면 네 명이 성공적인 경력을 쌓을 수 있게 도와줬죠. 그들이 바닥에 있던 시점에 말이에요. 이건 아주 훌륭하고 이타적인 행동이잖아요. 그런데 왜 거짓

말을 할까요? 그리고 왜 그들을 경멸하죠? 내 생각에는 그 이유를 알아내면 그들이 죽은 이유도 알게 될 거예요."

미나는 오랫동안 말이 없었다. 그 정적이 빈센트는 마음에 들었다. 그러나 조금은 허스키한 미나의 목소리를 다시 듣고 싶기도 했다.

"토르를 봐요."

그녀가 무겁게 말했다.

"완벽하게 손질된 손톱. 종일 셔츠를 입고 있었을 텐데도 전혀 지저분하지 않은 소맷부리. 구두도 언제나 반짝반짝 빛나게 닦여 있죠. 그가 지하에 무덤을 쌓는 모습은 왠지 모르게 상상이 안 돼요. 당신이 조금 전에 회의에서 말한 것처럼 그 일은 왕자가 했다고 생각하는 편이 맞을 것 같아요."

"나도 그렇게 생각해요."

빈센트가 고개를 끄덕였다.

"하지만 토르는 분명히 배후에서 두뇌 역할을 하고 있어요. 그게…… 뭐든 간에요. 크리스테르가 발견한 단서들을 보면 배후에서 조종하는 사람은 확실히 토르예요. 그에 비해 그의 사촌은 손을 더럽히며 직접 행동하고 있고요. 일종의 대리인일지도 모르죠. 안타깝지만 상황이 점점 더 안 좋아지네요."

빈센트가 지금까지 보여 준 모든 것은 준비 운동에 불과했다. 그는 미나가 앞으로 일어날 일을 똑바로 이해할 수 있도록 아주 미세한 행동 변화의 의미를 먼저 알려 준 것이다. 미나는 그것을 이해할 뿐 아니라 '느껴야' 했다. 빈센트가 증명할 다음 단계 역시 쉽지 않았다.

그는 스크롤바를 뒤로 돌려, 토르가 니클라스 납치범에게 정치적인 의도가 있다고 말하는 장면 앞에서 멈추고 물었다.

"대화에서 이 부분 봤어요?"

"아니, 시간이 없었어요."

"좋아요."

빈센트가 영상의 소리를 껐다.

"몸짓 언어와 표정을 보고 그가 무슨 얘기를 하는 것 같은지 나에게 말해 봐요."

빈센트는 음 소거 상태로 영상을 끝까지 재생했다. 미나는 화면 속 토르를 주의 깊게 관찰했다. 잠시 후 그녀는 마치 들리지 않는 토르의 말에 동의하는 것처럼 살짝 고개를 끄덕이기 시작했다. 영상이 끝난 후 미나는 잠시 생각을 가다듬고 입을 열었다.

"흐음, 보자. 토르는 몸을 앞으로 숙였고, 율리아의 눈을 자주 들여다봤어요. 오른쪽 입가에 슬쩍 미소가 보였고……. 잠깐만. 전체적인 인상을 개별적인 요소들로 나누기가 어려워요. 전체는 개별의 합 이상이니까. 그냥 내 느낌을 표현하면 안 될까요?"

"아주 좋은 제안이에요."

빈센트가 말했다.

"느낌이란 우리가 이성적으로 알고 있는 결과의 축약인 경우가 많죠. 모든 사고 과정을 거치지 않아도 되니 뇌는 에너지와 시간을 절약하고, 그 대신 우리에게 '느낌'을 제공해요. 이게 직관이에요. 진정한 직관은 우리의 사고 과정이 이미 증명된, 올바른 결과로 이어지는 경험에 기초를 두고 있어요. 다른 모든 것은 즉흥적인 착상과 선입견일 뿐이죠. 안타깝게도 자신의 '직감'을 근거로 내세우는 사람들은 거기에 차이가 있다는 사실을 이해하지 못하는 것 같……."

"빈센트."

미나가 싸늘하게 말했다.

"아, 미안해요. 그래, 토르에 대한 인상은 어땠어요?"

미나는 화면 속에서 양 손바닥을 탁자에 올린 채 몸을 살짝 숙이고 있는 토르를 자세히 살펴봤다.

"자기가 말하는 내용에 열정을 품고 있어요."

그녀가 말했다.

"꼭 창업을 지원하는 방송 프로그램에 출연해서 투자자들에게 자기 사업 아이디어를 열심히 홍보하는 사람 같아요. 그의 열정은 전염성이 있네요. 아니, 그 이상이에요. 설득력이 있어요. 그가 뭘 팔든 사고 싶어지겠는데요."

"그렇다고 너무 믿지는 말아요."

빈센트가 이번에는 소리를 켜고 영상을 다시 한번 틀었다.

두 사람은 민주주의는 죽어 가고 있으며, 누군가가 이 나라를 대혼란에 빠뜨리려고 한다는 그의 열변에 말없이 귀를 기울였다.

영상 마지막에 이르자 미나의 얼굴이 창백해졌다.

"대혼란에서 새로운 질서를 만들어 낸다는 건 토르 본인의 아이디어예요."

빈센트가 말했다.

"토르는 그 일에 '불타는' 열정을 보이고 있어요. 니클라스가 문제가 아닐 거예요. 네 사람을 살해하는 것만으로는 새로운 사회 질서를 창조하지 못하거든요. 거기에 법무부 장관이 포함된다고 해도요. 내 생각에 토르는 완전히 다른 뭔가를 계획하고 있어요. 훨씬 더 큰 뭔가를요. 그가 그 목표를 위해 어디까지 갈 수 있는지 우리가 터무니없이 과소평가한 것 같아서 걱정이에요."

*

"율리아, 잠깐만요!"

사라가 온 힘을 다해 달려왔다. 율리아는 복도 끝에 있는 엘리베이터로 들어갔다가 사라의 목소리를 듣고 다시 나왔다.

사라는 엘리베이터 앞에 도착해서 일단 깊게 호흡하며 숨을 골랐다.

"안녕, 사라."

율리아가 미소를 지었다.

"마노일로비치 일가 사람들과 테드 한손 일은 잘 처리했어요. 구스타프 브론스를 발견한 것도 그렇고."

율리아 등 뒤에서 문이 닫히고, 엘리베이터가 움직이기 시작했다.

"네, 그때 상황이 아주 다급하게 흘러가서 신속하게 행동해야 했어요."

사라가 말했다.

"네트워크를 좀 더 자세히 살펴봤더라면 좋았을 테지만, 그래도 한편으로는 테드 한손을 혼내 줘서 다행이죠."

"그게 국가작전부의 공식적인 입장이에요?"

율리아가 히죽 웃으며 물었다.

"그건 그렇고, 당신 팀이 서둘러 준 덕분에 기뻐한 사람이 또 한 명 있던데."

사라의 뺨이 빨개졌다. 사흘 전 쇠데르텔리에 인근의 별장에서 루벤을 구한 뒤로, 그녀는 틈만 나면 루벤과 함께 시간을 보냈다. 하지만 그 이야기는 아무에게도 하지 않았다. 세상이 이 충격적인 소식에 어떤 반응을 보일까? 그녀 자신도 아직 소화하지 못했는데 말이다.

"어찌 됐든, 팀장님에게 급하게 물어볼 게 하나 있어요."

사라가 말했다.

"오전에 토르 스벤손을 취조하셨다면서요. 아직 있겠죠?"

율리아가 눈썹을 치켜세웠다.

"사실 나도 놀랐어요. 그가 왔을 때까지만 해도 우리에게 있는 거라고는 정황 증거뿐이었거든요. 그런데 그가 자기에게 불리한 말을 너무 많이 하는 바람에 내가 바로 체포 영장을 신청할 수 있었죠. 다른 얘기는 들은 게 없으니 아마 지금쯤 크로노베리 구치소에 있을 거예요. 물론 그의 변호사들이 모든 수단을 동원하겠지만 절차 진행이 느리니까 토르는 최소한 24시간은 거기 있어야겠죠. 그런데 무슨 일이에요?"

"저기서 잠깐……?"

사라가 율리아의 사무실을 가리켰다. 율리아가 고개를 끄덕였다. 두 사람이 사무실로 들어온 후 율리아가 문을 닫았다.

"우린 오래전부터 테러 행위를 예의 주시해 왔어요."

사라가 말했다.

"누군가 질산 암모늄을 대량으로 빼돌렸거든요. 제대로 된 폭탄을 만들기에 충분한 양이죠. 어떤 직원이 제보해 준 덕분에 그것들이 현재 보관되고 있는 창고의 위치를 포착했지만,

우리는 아직 모르는 척하면서 계속 이 창고들을 감시하고 있어요. 그런데 지난 이틀 동안 거의 모든 창고에 방문객이 있었어요. 야구 모자와 선글라스를 쓰고 평소와 전혀 다른 옷차림이었지만, 최신 얼굴 인식 기법은 속이기 힘들죠."

"토르 스벤손?"

율리아가 사라를 빤히 바라보며 물었다.

"네. 그가 뭔가 끔찍한 일을 계획 중인 것 같아요."

율리아가 재빨리 재킷을 낚아챘다.

"지금 바로 구치소로 가죠. 여기서 걸어가도 기껏해야 3분밖에 안 걸려요. 우리가 간다고 지금 전화를 해 둘게요."

그러고는 어떤 번호에 전화를 걸고 어깨와 귀 사이에 휴대폰을 끼웠다.

"율리아 함마르스텐입니다."

상대방이 전화를 받자 그녀가 재킷을 입으며 말했다.

"지금 바로 가서 토르 스벤손과 면담하겠습니다. 당장 갈게요. 급한 일입니다."

순간 율리아의 움직임이 얼어붙었다. 그대로 꼼짝도 하지 않고 상대방이 하는 말을 듣고 있다가, 전화를 끊고 사라를 바라봤다.

"그렇게 쉽게 풀릴 거라고 생각하다니, 어쩜 이렇게 멍청할까? 법무부는 잘못 건드리는 게 아닌데."

"무슨 뜻이에요?"

사라가 물었다.

"체포 영장이 발부되지 않았어요. 토르는 이미 두 시간 전에 이 건물을 떠났대요."

*

율리아는 앉으라는 아버지의 말에도 그대로 서 있었다. 사라 테메릭도 서 있겠다고 했다. 경찰서에서는 늘 추위를 타는 율리아도 지금만큼은 춥지 않았다. 서장실로 달려오느라 추위를 느낄 새가 없었다.

"아주, 아주 조심해야 한다."

그녀의 아버지도 선 채로 창밖을 내다보며 말했다.

"토르 스벤손이 살인에 연루되어 있다고 어느 정도나 확신하지?"

"지금까지는 정황 증거뿐이에요."

율리아가 인정했다.

"하지만 증거는 점점 더 많아지고 있어요. 그의 사촌에 대한 증언도 거짓말이라고 생각하고요. 어쨌든 그는 확실히 이일에 연루되어 있어요."

"그리고 국가작전부는 그가 화학 제품 도난에 관여했다는 구체적인 증거도 가지고 있습니다."

사라가 율리아의 말에 힘을 실어 주었다. 율리아는 동료에게 존경의 눈길을 보냈다. 보통 사람들이 경찰서장에게 보이는 두려움이 사라에게서는 전혀 드러나지 않았다. 그가 몸을 돌렸다.

"너희 팀이 그를 도발했어."

그가 생각에 잠긴 채 말했다.

"그래서 이젠 몸을 사릴 테지. 그리고 컴퓨터 프로그램이 다양하게 변장한 사람의 신원을 정말 확인할 수 있는지도 법정에서 논란이 될 거고 말이야. 무엇보다도 해당 인물이 법무부 장관의 언론 대변인이라면 더더욱. 그를 잡아넣으려면 시간이 오래 걸릴 것 같아서 걱정이다. 여유가 얼마나 있지?"

율리아는 당혹스러운 눈길로 사라를 흘깃 바라봤다. 사라는 뛰었는데도 왜 전혀 티가 나지 않을까? 그녀는 땀이 줄줄 흘러내리고 심장이 목까지 올라와서 뛰는 느낌이었다. 사라는 피트니스실을 자주 이용하는 게 분명하다. 운동을 다시 시작해야겠다. 아담이 지금 모습 그대로 완벽하다고 하긴 했지만 말이다.

"만약 토르가 욘과 마르쿠스, 에리카의 살인에 연루됐다면 그가 니클라스 장관님의 납치와도 연관이 있다고 봐야 해요. 자동 응답기 멘트에 따르면 장관님은 사흘 후에 사망하게 될 거고요."

"상대가 토르 스벤손이라는 점을 고려하면 그 '만약'이란 말은 상당히 신중하게 써야 할 게다."

서장이 말했다.

"그가 정말 폭탄을 만들고 있는지 어떤지는 몰라요."

율리아가 대답했다.

"하지만 '만약' 그가 실제로 폭탄을 만들고 있다면, 그리고 '만약' 그가 살인에 연루됐다면 폭탄은 아마 니클라스 장관님이 살해당하는 순간 폭발하겠죠. 그는 더 이상 기다리지 않을 거예요. 올가미가 조여드는 걸 느끼고 있을지도 몰라요. 행동하려면 지금 하겠죠. 이미 말한 대로 '만약' 그가 행동에 옮긴다면 말이에요. 문제는 서장님이 위험을 감수할 수 있는지, 거기에 달렸어요."

"폭발력이 얼마나 된다고 했지?"

"저는 카메라에 찍힌 사람이 다른 누구도 아닌 바로 그 사람이라고 확신합니다."

사라가 대답했다.

"그의 손아귀에 있는 질산 암모늄은 10톤이고요. 저희가 파악한 양만 그 정도입니다. 더 많을 가능성도 당연히 있어요. 그의 계획이 성공한다면 이는 스웨덴 땅에서 일어난 최대의 폭발이 될 겁니다. 스톡홀름 시내 대부분 지역이 잿더미가 되는 건 물론이고, 최악의 경우 사상자의 규모가 수천 명까지 이를 수 있어요."

율리아의 아버지가 뺨을 문질렀다. 당당한 경찰 제복에도 불구하고 그는 갑자기 아주, 아주 나이 들어 보였다.

"그렇다면 조심스럽게 접근하는 게 좋겠군."

그가 말했다.

"하지만 시간을 낭비해서는 안 돼. 두 사람 말이 맞아. 남은 시간을 써서 단서와 명백한 증거를 모아. 설득력 있는 브리핑을 준비하고. '만약'이라는 단어를 완전히 없애지는 마. 그걸 가지고 내일 검찰에 가서 토르 스벤손에 대한 즉각 체포를 요청해. 내가 검사에게 직접 사안의 심각성을 강조하는 요구서를 써서 보내야겠다."

율리아는 아버지를 빤히 바라봤다. 평소와 달리 일을 방해하지 않은 것에 감사 인사를 하려다가 그저 고개만 끄덕였다.

"왜 둘 다 아직 여기 서 있어?"

서장이 물었다.

"얼른 속도를 내 보자고."

*

곤돌렌 레스토랑은 만원이었다. 장기간에 걸친 공사를 끝내고 얼마 전에 다시 문을 열었는데, 스톡홀름 사람들은 전망 좋은 유명 레스토랑이 돌아온 것을 두 팔 벌려 환영했다. 하지만 빈센트는 그림자가 이렇게 붐비는 장소를 골랐다는 점이 의문스러웠다.

"발데르 씨?"

빈센트가 업무 데스크 옆에 서 있는 지배인에게 다가가자 그녀가 놀라서 말했다.

"오랜만입니다. 하기야 여기 손님들 대부분이 그렇지만요. 환영합니다. 2인용 식탁 예약하셨나요?"

"당신이 그렇다면 그런 거겠지요."

빈센트가 시선을 떨구었다. 지배인은 의아한 눈길로 빈센트를 보다가 따라오라는 신호를 보냈다.

"안타깝지만 바에 앉으시는 자리로 만족하셔야겠습니다."

지배인이 미안해하는 얼굴로 말했다.

"재개장한 후로 예약이 얼마나 많은지 믿을 수가 없을 정도랍니다. 바에 자리가 있는 것도 운이 좋은……."

"괜찮습니다."

빈센트가 그녀의 말을 막았다.

"어차피 저에겐 바의 자리가 가장 좋으니까요."

그는 비어 있는 높은 의자에 자리를 잡고, 지배인에게 부드러운 미소를 지어 보였다. 안도한 지배인은 미소로 화답하고 다음 손님을 맞기 위해 입구의 데스크로 급히 돌아갔다.

바에는 메뉴판이 두 개 놓여 있고, 빈센트 옆자리는 비어 있었다. 그림자는 아직 오지 않았다. 빈센트는 앞으로 무슨 일이 벌어질지 전혀 예상조차 할 수 없었다. 그림자는 나이 든 사람일까, 젊은이일까? 남자일까, 여자일까? 어쩌면 아는 사람일지도 모른다는 생각이 불현듯 들었다. 하지만 그렇지 않기를 바랐다. 미나가 말했듯이 기껏해야 스토커일 것이다. 등에 그의 얼굴을 새기고 다녔던 알코올 중독 방지 모임의 안나 이후 그 정도 문제를 일으킨 사람은 없었다. 하지만 그림자와 비교하면 안나는 무해한 수준이었다. 빈센트는 단단히 마음의 준비를 했다.

그때 한 남자가 화장실에서 나왔다. 그 남자는 빈센트를 보고 활짝 웃더니 그에게 곧장 다가왔다. 움직이는 모습이 어딘지 모르게 빈센트의 눈에 익은 사람이었다.

"빈센트!"

남자가 소리치며 그에게 반갑게 악수를 건넸다.

"왔군!"

이제 확실해졌다. 이 남자가 그림자였다. 빈센트는 드디어 자기를 괴롭히던 사람의 얼굴을 보게 됐다. 그러나 그를 전에 어디서 봤는지는 기억이 나지 않았다.

"선택의 여지가 별로 없어서 말이지."

빈센트가 대답했다.

"내 가족은 어디 있어?"

그림자는 어깨를 으쓱하고 그의 옆자리에 앉았다.

"걱정하지 마. 당신이 그들에게 저지른 것보다 더 큰 해악은 끼치지 않았으니까. 당신은 혼자 차분하게 생각해 볼 시간이 좀 필요해."

"내 가족의 털끝 하나라도 건드리면……."

남자는 방어하듯 손을 올리고 모욕이라도 당한 것 같은 표정을 지었다.

"빈센트, 빈센트. 멍청한 소리 좀 하지 마. 당신이 해야 할 일에나 집중해. 시간이 많지 않으니까."

빈센트는 손님으로 가득 찬 레스토랑 안을 둘러봤다. 이 사람들 중에 사복 경찰이 있을까? 내가 신호를 보내거나 소리를 질러 도움을 요청하면 그들이 그림자를 체포할까? 하지만 그들을 지켜보는 사람은 아무도 없는 듯했다. 미나가 약속을 지킨 모양이었다.

"도대체 뭘 원해?"

빈센트가 물었다.

"그리고 당신 정체가 뭐야? 나한테 책임을 회피하고 부인하면서 살지 말라고 했잖아. 그건 아마…… 엄마에게 일어난 일을 말하는 것 같은데."

"그것 보라고."

남자가 못마땅하다는 표정으로 고개를 저었다.

"실제로 무슨 일이 벌어졌었는지 아직도 제대로 말을 못 하네."

"40년 전의 일이야. 사고였다고. 비극적인 사고."

그림자가 메뉴판을 훑었다.

"구운 랍스터, 아니면 송아지 뒷다리 고기?"

그가 메뉴를 읽었다.

"포르치니 버섯 스튜를 곁들여 먹으면 좋겠다. 어때?"

"내가 뭘 하라는 거야?"

빈센트가 굳은 얼굴로 물었다.

"나더러 책임을 지라는 건 또 뭐야? 도대체 무슨 말이냐고. 애초에 당신이 왜 내 삶에 참견하는 거지?"

"유감스럽게도 저녁에는 블랙 푸딩이 없군."

남자가 메뉴판을 덮었다.

"빈센트, 당신이 이 정도로 눈치가 없을 거라고는 정말 생각도 하지 못했어. 힌트를 충분히 줬는데. 편지를 다시 한번 주의 깊게 읽어 봐. 거기 모든 게 들어 있어."

그는 비밀 이야기를 하려는 듯이 빈센트 쪽으로 몸을 숙였다.

"편지 아직 가지고 있어? 경찰에 넘기지 않았지?"

빈센트는 대답하지 않았다.

"난 그저 이제 당신이 본인의 행동에 책임을 지길 원할 뿐

이야."

그림자가 말했다.

"그게 다라고."

"구체적으로 그게 뭔지 말해 줄 생각은 없어?"

그림자는 미소를 지으며 고개를 저었다.

"별로 어렵지 않아. 하지만 당신이 여전히 이해하지 못한 것 같으니 기회를 한 번 더 주지. 내가 편지에도 그렇게 썼잖아. 빈센트, 나는 나쁜 사람이 아니야."

그는 주머니에서 에어 캡이 붙은 안전 봉투를 꺼내 빈센트에게 건넸다. 봉투 안에 있는 것은 끝이 벨크로로 고정된 검은색 고무 밴드였다. 밴드 중간에는 성냥갑 크기의 직사각형 플라스틱 조각이 붙어 있었다.

"내일 다시 만나. 그때까지 이걸 차고 있어. 마이크가 달린 GPS 송신기야. 이걸 발목에 차. 셔츠 아래에 마이크를 붙이는 건 텔레비전에나 나오는 일이지. 난 당신이 어디에 있는지 언제든 알 수 있어. 앞으로 24시간 동안 당신이 하는 모든 말을 듣게 될 거고. 내일 당신과 만나고 나서야 당신이 기회를 날렸다는 걸 알게 되고 싶진 않거든. 빈센트, 그럼 저녁 시간 잘 보내."

남자가 일어났다. 가려는 듯했다.

"기다려."

빈센트가 말했다.

"당신이 누구인지, 왜 이런 짓을 하는지 아직 말하지 않았잖아. 그리고 왜 하필 곤돌렌에서 만나자고 했지? 무슨……."

그림자가 고개를 저었다.

"당신, 정말이지 이제 더는 최고의 멘탈리스트라고 할 수 없겠어."

그가 재킷을 반듯하게 폈다.

"그사이에 내가 누군지 알아내야 할 텐데. 하지만 내일이면 모든 걸 알게 될 거야. 약속하지. 일단 식사 맛있게 하라고. 계산은 내가 할 테니까."

2일 전

빈센트는 아침 일찍 경찰서에 도착했다. 이제는 이곳이 그의 일터라는 생각이 들 정도였다. 집에서는 잠조차 잘 수 없었다. 6시 반에 곤돌렌에서 돌아왔고, 미나에게 괜찮다는 메시지도 보냈다. 하지만 그림자가 한 말 때문에 밤새 깨어 있었다. 얼마 남지 않은 마지막 이성을 잃지 않기 위해 그가 할 수 있는 유일한 일은 사건에 집중하는 것이었다.

그는 회의실에 지하철 노선도를 걸 생각이었다. 원래 그곳에 걸려 있던 스톡홀름 지도는 빈센트가 반년 전에 체스 판으로 바꾸는 바람에 떼어 냈다. 그때 이후로 그 자리는 비어 있었다.

빈센트는 지하철 노선도가 말리지 않게 네 귀퉁이를 모두 압정으로 고정했다. 작업을 막 마쳤을 때 루벤이 회의실 안을 들여다봤다.

"또 준비했네요?"

그가 노선도를 가리켰다.

"이번에는 무슨 게임이죠? 보드게임인가? 아니, 말하지 마요. 알고 싶지 않으니까. 혹시 아담 봤어요?"

"아니요, 오늘은 아직 아무도 못 봤어요."

루벤이 고개를 끄덕이고 사라졌다. 빈센트는 가방에서 모래시계를 꺼냈다. 모래시계들이 들어 있는 나무틀을 돌리고, 모래가 흘러내리는 모습을 지켜봤다. 모래시계는 이번 사건 곳곳에 나타났다. 그의 손에 있는 네 개의 모래시계는 사실 무덤들의 위치에 대한 단서였다. 그리고 그 무덤들은 모래시계 부호에 에워싸여 있었다. 니클라스가 받은 명함에도 모래시계가 있었다. 빈센트의 귓가에 니클라스에게 며칠이 남았는지 알려 주는 목소리가 울렸다. 이제 이틀만 있으면 그의 시간은 끝난다.

빈센트는 경찰이 16번 노선 어딘가에서 니클라스를 발견할 수 있을 거라고 진심으로 기대했었다. 나중에 생각해 보면 순진한 희망이었다. 뭔가를 바란다고 해서 그게 꼭 이루어지지는 않으니까.

하지만 니클라스가 있는 곳에 대한 다른 단서는 없었다. 모래시계에 들어 있는 메시지를 빈센트가 완전히 오해한 게 아니라면, 적어도 이론상으로는 너무 늦기 전에 니클라스를 구할 기회가 있었다.

시간이 다 지나가기 전에 네 번째를 찾아.

어디에서? 율리아가 알아본 대로 16번 노선의 어느 곳일 테지만, 니클라스가 이틀 후에야 그 장소에 나타나게 된다면 그들이 그를 구할 시간은 많지 않았다.

하지만 모래시계를 보낸 사람이 노선 번호는 알려 주면서 역은 알려 주지 않을 이유가 있을까? 일부러 단서를 반만 준다는 게 왠지 이상했다. 빈센트는 네 개의 모래시계 아래에 쓴 숫자를 살펴봤다.

17분 (13초)

13분 (5초)

10분 (3초)

16분 (3초)

그는 분이 지하철 노선을 가리킨다면 초는 어떤 식으로든 역을 의미한다고 생각했었다. 마르쿠스 에릭손을 나타내는 모래시계의 모래가 다 떨어지는 데는 17분 13초가 걸렸다. 17번 노선은 맞았다. 하지만 어느 쪽 종점에서 세기 시작해도 미치광이 톰이 마르쿠스를 발견한 바가르모센 역은 13번째가 아니었다.

에리카와 욘의 경우도 마찬가지였다. 어디에서 시작해도 초 숫자만큼 세어 도착한 지점은 뼈 무더기가 발견된 역이 아니었다.

하지만 시작이 다른 곳이라면 어떨까? 모래시계를 보낸 사람에게 뭔가 의미가 있는 장소라면? 빈센트는 모래시계를 비롯해서 그가 받은 다른 수수께끼들은 모두 왕자가 보낸 것이라고 확신했다. 그리고 왕의 유골, 그러니까 그의 아버지 유골은 오덴플란에서 발견됐다.

모든 것이 왕에게서 시작됐다면? 빈센트는 손가락으로 노선도를 짚으며 오덴플란에서 13개의 역을 움직였다. 손가락이 도착한 곳은 바가르모센이었다. 마르쿠스의 뼈 무더기가 발견된 곳.

빈센트는 다른 경우도 확인해 봤다. 에리카는 적색선에서 발견됐고, 그녀의 모래시계는 5초였다. 이번에도 오덴플란에서 시작했다. 거기서 에리카가 발견된 칼라플란까지는 T-센트랄렌을 경유하여 다섯 정거장이 걸렸다. 세 번째 모래시계는 욘의 것이었다. 청색선 10번 노선. 오덴플란에서 두 정거장을 가면 프리드헴스플란이고, 거기서 청색선으로 갈아타고 한 정거장 더 가면 아카이가 욘의 무덤을 발견한 스타스하겐이었다.

수수께끼가 풀렸다.

니클라스의 것인 마지막 모래시계는 16분 3초짜리다. 오덴플란에서 한쪽 방향으로 세 정거장 가면 토릴스플란이고, 반대쪽 방향으로 가면 T-센트랄렌이었다. 하지만 토릴스플란역은 지상이고 지금까지 뼈는 항상 지하 터널에서 발견됐으니, 그가 찾아야 할 역은 틀림없이 T-센트랄렌이다.

그는 니클라스가 어디에 있을지 알게 됐다. 드디어. 환호성이라도 지르고 싶었지만, 곧 율리아가 기뻐하지 않을 사실을 깨달았다. T-센트랄렌은 지하철역 중 가장 복잡한 역이고,

수많은 승강장이 여러 층에 나뉘어 있었다. 모든 지하철 노선이 이 역을 통과했다. 매일 30만 명 이상의 승객이 여기서 타고 내렸다. 이 복잡한 터널들 속에서 그들은 이틀 안에 니클라스를 찾아내야 했다.

시간이 다 지나가기 전에 네 번째를 찾아.

이 말대로라면 시간이 다 지나가기 전까지는 니클라스가 터널에 있을 거라고 기대했었다. 하지만 이제 더는 순진하게 굴 때가 아니었다. 시간이 거의 없다고 가정하고, 니클라스의 죽음이 예정된 시점을 분 단위까지 정확하게 알아야 했다. 그는 미나에게 다시 전화해서 확인해 달라고 해야겠다고 생각했다.

이런 그의 머릿속을 읽기라도 한 듯, 때마침 미나가 컵 두 개를 들고 들어왔다.

"미안, 내가 늦었죠. 커피메이커가 고장 났어요. 뜨거운 코코아밖에 없네요."

"아주 좋아요. 이 안도 바깥만큼이나 춥네요."

그가 미나의 손에서 컵 하나를 받아 들었다. 그러고는 뜨거운 코코아를 후후 불었다.

"그리고 딱 제때 왔어요. 내가 방금 수수께끼를 풀었거든요. 니클라스가 어디에 있는지 알았어요. 아니, 어디에 있게 될지 알았다고 하는 게 더 맞겠군요. 16번 노선은 맞는데, 그는 아직 그곳에 없어요."

"당신 지금 횡설수설하고 있어요. 본인도 알죠?"

"아니, 사실은 아주 간단해요."

그가 말을 이으며 노선도를 가리켰다.

"16번 노선의 역들만 세어 보면 돼요. 이제 더는 운행하지 않지만 역은 있죠. 위치를 알아내는 방법은 오덴플란을 기준으로 세기 시작하는 거였어요. 그곳이 왕의 무덤이니까. 모래시계에 따르면 모든 것은 왕으로부터 시작해요."

"까다로운 문제를 만났을 때 당신 머릿속이 어떤 모습일지 상상조차 못 하겠어요."

미나가 뜨거운 코코아를 홀짝이며 말했다.

"니클라스는 T-센트랄렌 역의 어느 터널에 있게 될 거예요."

빈센트가 말했다.

"이틀 후에, 그의 시간이 다 지나가면."

미나는 잠시 침묵하다가 대답했다.

"T-센트랄렌이라. 세상에. 우리한테 토르가 폭탄을 준비하고 있다는 정보가 들어왔어요. 아마 니클라스가…… 죽는 순간에 폭발할 거예요."

"자동 응답기에서 그가 죽는 시각을 분까지 정확하게 알려주잖아요. 우린 그 전에 올바른 장소에 있기만 하면 돼요. 정확한 시각을 알아야 하니까 다시 한번 전화해 줄래요?"

"잠깐만요."

미나가 주머니에서 휴대폰을 꺼냈다. 그리고 그 번호로 전화를 걸고는 스피커폰을 켰다.

"안녕하세요, 니클라스 스토켄베리."

귀에 익은 목소리가 말했다.

"계약 기간 동안 우리 서비스에 만족하셨기를 바랍니다. 당신의 생존 시간은…… 0일…… 3시간…… 15분…… 남았습니다."

미나가 빈센트를 빤히 쳐다봤다.

"멘트가 바뀌었어요."

그녀가 말했다.

"니클라스는 세 시간 후에 죽어요."

~~2일 전~~
마지막 날

빈센트의 휴대폰이 울렸다. 화면을 보니 로케였다. 그에게 쓸데없이 충격을 줄 필요는 없으니, 머릿속에서 니클라스와 T-센트랄렌 생각은 잠시 미뤄 뒀다. 그는 심호흡을 하고 최대한 아무렇지 않은 말투로 전화를 받았다.

"빈센트 씨, 안녕하세요? 로케예요. 잠깐 시간 괜찮으세요?"

로케가 물었다. 꽤 흥분한 목소리였다.

"그럼요."

빈센트는 미나에게 화면에 뜬 발신자를 보여 줬다.

"난 율리아에게 브리핑하러 갈게요."

미나가 소곤거렸다.

"당장 T-센트랄렌으로 가서 니클라스를 찾아야 해요."

빈센트는 달려가는 그녀의 뒷모습을 잠시 바라봤다.

"딱정벌레에 대해 다시 생각해 봤어요."

로케의 말에 빈센트는 다시 휴대폰을 귀에 가져다 댔다.

"이 딱정벌레는 일단 애벌레로 부화한 뒤에는 통제하기가 정말 어렵거든요. 그래서 환경보건위원회에 지난 2년 동안의 보고서를 되는대로 모두 보내 달라고 부탁했어요."

"훌륭한 아이디어네요."

빈센트는 로케가 무슨 말을 하려는지 짐작이 갔다. 이 뼈 전문가는 참 똑똑하단 말이지.

"전 거의 포기한 상태였어요."

로케가 말을 이었다.

"그러다가 지난주에 있었던 해충 신고 건을 찾아냈죠. 해충이 공공장소에서 눈에 띄는 일은 흔하지만, 거기엔 너무 많아서 당국에 보고될 정도였대요. 어떤 해충인지 알아맞혀 보세요."

"수시렁이과였겠죠."

빈센트는 생각에 잠긴 채 고개를 끄덕였다.

"맞아요. 하필이면 회토르예트 역 승강장에서 발견됐어요. 우연일 리가 없죠. 제 생각엔 분명 승강장에서 아주 가까운 터널에 딱정벌레가 가득한 대형 테라리엄이 있을 거예요. 터널은 따뜻하고 축축하고 어둡잖아요. 딱정벌레에게 완벽한 환경이에요. 그곳에서 뼈가 세척됐겠죠. 빈센트 씨가 흥미를 느낄 것 같아서 말씀드렸어요."

그러고서 로케는 전화를 끊으려는 듯했다.

"잠깐만요."

빈센트가 말했다.

"다른 팀원들은 니클라스 장관 사건 때문에 출동 준비를 하느라 지금 아주 바빠요. 갑자기 급한 일이 생겼거든요. 그래서 테라리엄까지 수색할 시간이 없지만, 대신 내가 갈 수 있어요. 난 어차피 여기서 방해만 될 테고요. 솔직히 말하면 우리 둘이 가도 좋을 것 같은데."

"글쎄요."

로케는 망설이는 눈치였다.

"지저분한 터널에서는 기분이 좋지 않아서요."

"나도 그래요. 로케 씨가 상상하는 것 이상으로요. 그래도 호기심이 생기지 않아요? 당신 손으로 찾아냈잖아요."

"흐음…… 알겠어요. 설득당했네요. 회토르예트 역 승강장에서 만나요. 한…… 30분 후에?"

"난 15분이면 도착해요."

빈센트가 전화를 끊었다.

그는 재킷을 들고 복도를 달려갔다. 그러다가 율리아의 사무실에 있는 미나와 율리아를 보고 걸음을 멈췄다.

"로케가 뼈들이 세척된 장소를 알아낸 것 같아요. 내가 지금 바로 가서 로케와 함께 그곳을 살펴볼게요. 팀원들의 수색 활동에 나는 어차피 도움이 안 되니까."

"그러는 게 좋겠네요. 그 장소가 어딘데요?"

율리아가 말했다.

"맞혀 봐요."

빈센트가 한숨을 내쉬었다.

"왜 사건은 지상에서 벌어지지 않는 걸까요? 사람들이 도대체 왜 그러지?"

"터널로 들어가려고요?"

율리아가 이마를 찌푸렸다.

"폭탄 이야기 못 들었어요?"

"들었어요. 미나가 말해 줬죠."

"폭탄도, 니클라스 장관도 T-센트랄렌 역 어딘가에 있는 것 같아요. 사라 말로는 국가작전부에서도 그렇게 추측하고 있대요. 스톡홀름에서 폭탄을 터트리려면 T-센트랄렌만 한 곳이 없겠죠. 가장 큰 피해를 입힐 수 있으니까. 토르는 질산 암모늄을 10톤 넘게 모았어요. 그러니 지하철 터널은 안전하지 않을 거예요. 뭔가 일이 벌어진다면……."

율리아가 입을 다물었다.

"나도 알아요."

빈센트가 대답했다.

"하지만 니클라스의 카운트다운이 끝나려면 아직 몇 시간 남았고, 나는 늦어 봤자 40분이면 여기 돌아올 거예요. 약속할게요. 중요한 단서를 찾아야 하잖아요."

"난 당신 걱정까지 하고 싶지 않아요."

미나가 말했다.

빈센트는 잠시 그대로 서 있었다. 미나를 품에 안고 싶었지만, 그러면 다시는 놓지 못할 것 같았다. 그래서 두 사람에게 고개를 살짝 끄덕이고 걸음을 재촉했다.

지하철역이 바로 옆에 있어서 빈센트는 지하철을 타고 T-센트랄렌 역으로 향했다. 거기서 회토르예트 방향으로 갈아탈 예정이었다. T-센트랄렌은 평소와 똑같았다. 통근자와 관광객으로 가득했다. 그들 중 지금 여기에 뭐가 있는지 아는 사람은 아무도 없었다. 빈센트는 생각들을 밀어 내고 지하철을 탔다.

다음 역에서 내렸다. 로케가 이미 승강장에서 그를 기다리고 있었다.

"동료가 데려다줬어요. 빈센트 씨와 같이 터널로 들어가려고 기다렸죠."

빈센트는 주위를 둘러봤다. 승강장에 딱정벌레는 보이지 않았다. 아마 모두 쓸어버린 모양이었다. 도시 미화원은 이따금 놀라울 만큼 재빨리 행동했다.

"딱정벌레는 승강장 북쪽 끝에서 발견됐대요. 그래서 벌레들이 북쪽 터널에서 왔을 거라고 짐작하고 있어요. 우리가 들어갈 수 있게 허가도 이미 받아 뒀어요."

로케가 말했다.

"그건 그렇고, 난 니클라스가 어디에 있게 될지 알아냈어요."

빈센트가 승강장 끝으로 향하는 로케를 따라가며 말했다.

"T-센트랄렌이에요. 아직 세 시간이 남았으니 율리아의 팀원들이 분명히 그를 찾아내겠죠. 왕자가 속임수를 써서 카운트다운을 바꿨지만요. 시간이 다 지나가기 전에 네 번째를 찾으라는 게 요구 사항이었는데, 팀원들은 그 말대로 해낼 거예요."

"왕자요?"

"아, 그렇지. 회의할 때 없었죠. 나중에 설명해 줄게요."

"T-센트랄렌이라고요."

터널로 가는 작은 계단이 나왔고, 로케가 빈센트의 뒤를 따라 내려갔다.

"여기서 한 정거장만 가면 되네요."

승강장을 벗어나자 금방 어두워졌다. 빈센트는 휴대폰의 손전등을 켤까 하다가 눈이 어둠에 익숙해지도록 하는 편이 낫겠다고 생각했다. 로케도 그에게 바짝 붙어 따라왔다.

"테라리엄이 어디 있을까요?"

빈센트가 물었다.

그때 목에 뭔가 따끔한 게 느껴졌다. 바늘처럼 뾰족한 것이었다.

"빈센트, 당신에게 실망했어."

로케가 그의 귀에 대고 속삭였다.

"당신은 수수께끼를 완전히 잘못 이해했어. 니클라스는 T-센트랄렌에 없거든."

"로케……?"

빈센트는 당황했다. 이게 무슨…….

"허튼짓을 하면 목에 주사를 맞게 될 거야. 그냥 계속 가. 그리고 휴대폰 이리 내놔."

그는 로케가 요구하는 대로 했다.

로케는 휴대폰을 건네받고는 터널 벽에 내리쳐 박살 냈다. 빈센트가 얼굴을 찌푸렸다.

"내 선물 어떻게 생각해?"

로케가 물었다.

"2년 전부터 내가 보낸 퍼즐과 수수께끼를 받았잖아. 즐거웠어?"

빈센트는 찔리는 통증을 느꼈다.

"네가 보낸 거야?"

그가 헛기침을 했다.

"아주 감탄스러웠어. 그런데 왜 내가 수수께끼를 잘못 이해했다는 거지?"

"나는 당신이 나랑 수준이 맞는다고 생각했어."

로케가 실망한 말투를 꾸며 내며 말했다.

"당신은 도전을 높이 평가하는 사람이라고 믿었지. 몇 가지는 구하기가 무척 어려웠어. 난 당신에게 니클라스를 발견할 기회를 적어도 한 번은 주려고 했어. 토르 형은 반대했지만,

내가 존경심을 느낄 만한 사람을 만날 기회가 아주 드물었거든. 게다가 빈센트, 난 당신을 좋아해. 그런데 내가 당신을 과대평가했어. 당신이 니클라스를 구하는 데 성공하지 못해서 안타깝군."

둘은 말없이 계속 걸어갔다. 로케는 그를 더 깊은 안쪽으로 데리고 갔다. 그들은 여러 번 커브를 돌아, 멀리서 지나가는 지하철 소리가 들려오는 곳까지 갔다.

"로케, 네가…… 왕자야?"

대답이 없었다. 목에 꽂힌 바늘은 정말 불편했다. 하지만 그 부위에 뻣뻣한 느낌이 없는 것은 로케가 아직 주사기 내용물을 주입하지 않았다는 뜻이었다. 그나마 다행이었다.

"여기 딱정벌레는 없는 것 같군."

빈센트가 말했다. 로케가 크게 웃음을 터트리고는 대답했다.

"당신이 원래 멍청하지는 않다는 걸 난 다 알고 있었지. 당신이 신경 쓰고 있을 이 주사에는 판쿠로늄과 염화 칼륨의 혼합물이 들어 있어. 지극히 매력적인 화학 물질들이지. 판쿠로늄은 강력한 마취제이고, 예전에는 파불론이라는 이름으로 판매됐어. 10년 전부터 시장에는 유통되지 않지만 법의학연구소에서 일하면 쉽게, 그리고 많이 모을 수 있어. 지금 주사기에 들어 있는 정도면 근육을 완전히 이완시켜서 더는 숨 쉬지 못하게 될 거야. 염화 칼륨은 직접 만들 수도 있어. 소량의

수산화 칼륨과 염산만 있으면 돼. 물론 둘 다 부식성이 심하지만, 두 물질은 서로 중화하지. 보통 소금에 섞어서 음식에 넣더라고. 아니면 지금처럼 주사기를 쓰거나. 이 양이면 심장 마비를 일으키지."

"에리카와 마르쿠스, 욘에게도 주사를 놓았나?"

빈센트는 어두운 터널로 들어갔다.

"당신도 알다시피 내가 튼튼한 체격은 아니잖아."

로케가 대답했다.

"그들이 교훈을 얻었으니 이제 그만 결론을 내고 삶을 끝내게 해 주겠다고 했지. 그들 모두 자기 발로 날 찾아와서는 돈과 회사 지분, 섹스 같은 걸 제안하더군. 다들 필사적이었어. 난 그들에게 티오펜탈이 든 샴페인을 줬지."

"아이고, 순식간에 쓰러졌겠네."

"그랬지. 약효는 빠를수록 좋으니까."

로케가 웃음을 터트렸다.

"뼈를 삶기 위해 그들을 그대로 토막 낼 수도 있었지만 나는 괴물이 아니야. 그 전에 그들에게 독극물 주사를 놔 줬지. 이제 서! 다 왔으니까."

오른쪽에 움푹 들어간 공간이 있었다. 그 끝에 콘크리트 벽과 문이 보였다.

목에서 바늘의 느낌이 사라지더니 로케가 불쑥 그의 앞에 나타났다. 다른 한 손에 골동품 같은 권총을 들고 있었는데, 섬세한 로케의 손가락에 전혀 어울리지 않았다.

"할아버지의 권총이야."

빈센트의 시선을 눈치챈 로케가 말했다.

"난 원래 무기를 좋아하지 않아. 너무 천박하거든. 잘 다루지도 못하고 말이야. 하지만 쏴야 할 상황이 닥쳤는데도 쏘지 못할 거라고는 생각하지 마. 이 정도 거리에서는 명중시키니까."

그는 주사를 바닥에 내던지고 주머니에서 열쇠를 꺼냈다. 터널도 그다지 밝지 않았는데 문 뒤쪽은 그야말로 칠흑처럼 어두웠다. 로케가 빈센트에게 들어가라고 손짓했다. 그곳에 들어선 빈센트의 눈에 어둠 속에서 의자에 쭈그리고 앉아 있는 어떤 형체가 들어왔다.

니클라스였다.

*

율리아가 팀원들을 둘러봤다. 크리스테르와 루벤은 테이블 앞에 자리를 잡았고, 아담과 미나는 벽에 기대서 있었다. 밀다도 참석했다. 급하게 소집된 회의에 로케 대신 참석해 달라고 율리아가 부탁했다. 밀다는 지금 빈센트와 움직이고 있을 로케의 자리에 앉았다.

"토르는 아마 숨지 않을 거야. 그러기에는 자아가 너무 강하거든."

율리아가 말했다.

"체포 영장이 나오지 않았고 토르는 풀려났어. 내가 토르라면, 그리고 무죄를 주장할 생각이라면 그냥 집으로 갔을 거야. 도피하지 않고 말이야. 지극히 평범하게 행동하겠지. 그는 자신을 살인과 연결할 구체적인 증거가 우리에게 없다는 것을 알고 있어. 하지만 우리가 폭탄에 대해 알고 있다는 사실은 모르지."

"대혼란이니 뭐니 떠벌리던 게 갑자기 완전히 다르게 들리는군."

크리스테르가 고개를 저었다.

"그런데 우리가 자기를 방해할 수 없다고 생각했다면, 토르는 왜 카운트다운을 단축한 걸까?"

미나가 물었다.

"아마 긴장한 것 같아."

율리아가 대답했다.

"DNA 테스트는 미처 예상하지 못했을 거야. 지금은 우리 손에 쥐어진 게 없지만, 언제든 상황이 바뀔 수 있다는 것도 당연히 알 테고. 그가 폭탄에 불을 붙일 생각이라면 너무 늦기 전에 행동에 옮기겠지. 그리고 그 전에 니클라스 장관님을 살해할 거야."

"그가 토르를 말하는 거지."

미나가 생각에 잠긴 표정으로 말했다.

"내 생각에는 이 모든 일을 실행하는 건 왕자의 역할일 것 같아. 토르는 내내 사람들 눈에 띄는 곳에 있음으로써 완벽한 알리바이를 만들려고 할 거야."

"그 개자식은 지금 이 순간에도 집에 앉아서 차나 마시고 있겠지."

루벤이 노트북 위로 몸을 숙였다.

"내가 하려던 말이 그거야."

율리아가 말했다.

"지금 바로 그의 집으로 가자. 검사의 결정을 기다릴 시간이 없어. 토르는 우리가 나타날 거라고는 상상도 하지 못할 거야. 이미 말했듯이 그는 우리가 자기 계획을 안다는 걸 모르니까. 빈센트 덕분에 우리는 니클라스 장관님이 두 시간 반 뒤에 어디에 있을지 대략 알게 됐지만, 한시라도 빨리 장관님을 찾아내야 해. 토르는 지금 장관님이 어디에 있는지 틀림없이 알 거야."

"지도에서 토르가 사는 지역을 얼른 찾아볼게."

루벤이 컴퓨터에 뭔가 입력했다.

"우리 앞에 뭐가 나타날지 미리 알 수 있게 말이지. 자, 봅

시다. 여기가……."

그가 휘익, 휘파람 소리를 냈다.

"우아한 도련님이 이제 곧 패가망신하겠네. 토르는 스트란드베겐에 살아. 그 예민한 신사분은 유르고르덴의 전경을 마치 개인 정원처럼 즐기셨겠어."

"스트란드베겐?"

밀다가 물었다.

"로케도 스트란드베겐에 살아요. 시내 말고 유르스홀름 쪽이요. 거기도 똑같은 지명이 있잖아요. 그래서 로케 집에 처음 갈 때 주소를 잘못 찾아갔었어요."

루벤은 이마를 찌푸리며 모니터로 더 깊숙하게 고개를 숙였다.

"아니다, 우편 번호가 다르네……. 잠깐만, 토르는 시내에 살지 않아요. 그 사람도 유르스홀름에 사는 것 같습니다. 자, 이렇게 하면……."

그는 명령어 몇 가지를 입력한 후에 율리아와 미나, 아담과 크리스테르, 밀다가 볼 수 있게 모니터를 돌렸다. 그리고 구글 어스를 열어 스웨덴 쪽을 줌인했다. 1초 후에 스톡홀름이, 그 후에 유르스홀름과 문제의 주소지가 떴다. 사유지 진입로와 철제문과 짧은 가로수 길이 있는 거대한 건물이 모니터에 나타났다.

"집 한번 끝내주네."

루벤이 말했다.

"어…… 여긴 로케의 집이에요."

밀다가 말했다. 모두가 그녀를 빤히 쳐다봤다.

"로케의 집이 맞아요. 내가 가 본 적이 있어요. 어떻게 이런 일이 가능하지? 주소를 제대로 입력한 거 맞아요? 로케의 성도 스벤손이거든요. 뭔가 착오가 있었나 봐요. 흔한 성이니까."

루벤이 주소를 확인하고는 고개를 끄덕였다. 율리아는 불현듯 안 좋은 예감이 들었다. 아주 중요한 뭔가를 간과한 느낌이었다.

"로케의 원래 이름이 뭐죠? 로케가 본명인 것 같지는 않은데."

그녀가 나지막하게 물었다.

"본명 맞아요."

밀다가 대답했다.

"가운데 이름이에요. 그걸 첫 번째 이름보다 선호해서 다들 로케라고 부르죠. 원래는 마티아스예요. 마티아스 스벤손."

회의실이 쥐 죽은 듯 조용해졌다.

"왜 말 안 했어요?"

루벤이 밀다에게 고함을 질렀다.

"왜요? 뭐가요?"

밀다가 어리둥절한 표정으로 되물었다.

"로케가 왕자예요."

미나가 말했다.

"토르의 사촌. 둘이 같이 사나 보네요."

"정말…… 정말로 로케가 살인을 저질렀을까?"

크리스테르가 물었다. 율리아가 천천히 고개를 끄덕였다.

"아니, 하지만 왜?"

크리스테르는 고개를 저었다.

"우리가 이해하지 못하는 일이 너무 많아요."

율리아가 대답했다.

세차게 흔들린 스노 글로브 안에 빠져 들어간 느낌이었다. 방금까지 깔끔하게 정리했다고 믿었던 사건의 모든 구성 요소가 혼란스럽게 뒤섞여 버렸다.

"다들 무슨 소리예요?"

밀다가 당황해서 물었다.

"빈센트가 로케와 같이 있어요."

미나가 공포에 질린 목소리로 말했다.

"40분만 나가 있겠다고 했는데."

그녀가 시계를 봤다.

"내가 전화해 볼게요."

미나가 그의 번호를 눌렀다. 하지만 신호음이 가지 않았다. 전화기가 꺼져 있었다.

"빌어먹을."

루벤이 쉿소리를 냈다.

"로케가 니클라스 장관님을 살해하고 폭탄을 터트리면서 빈센트까지 죽일 속셈이었군."

"세 가지를 한꺼번에."

크리스테르가 말했다.

"말 그대로 대폭발이 일어날 거야."

"그들을 당장 찾아야 해."

율리아가 말했다.

모두 회의실을 뛰쳐나갔다.

*

"그는 살아 있나?"

빈센트의 눈은 작은 공간의 어둠에 여전히 익숙해지지 않았다. 사용하지 않아 버려진 기계실. 누군가를 숨기기에 완벽한 장소였다.

"난 살아 있어요."

어둠 속에서 가느다란 목소리가 흘러나왔다. 로케가 휴대폰 손전등을 켜자 그 목소리는 얼굴로 바뀌었다.

"이제 어떻게 되는 거지?"

빈센트가 물었다.

그는 의도적으로 억양이 없는 단조로운 말투를 선택했다. 빈센트는 로케의 심리 상태를 아직 파악하지 못했고, 그가 불안이나 분노에 어떻게 반응할지 몰랐다. 그래서 로케의 심리를 알기 전까지는 최대한 무난하게 행동할 생각이었다.

"기다려야지."

로케가 자리에 앉았다. 그리고 빈센트에게 니클라스 옆에 앉으라고 권총을 든 손으로 손짓했다. 빈센트는 그의 지시에 따랐다. 바지 아래로 느껴지는 콘크리트는 차가웠고, 바닥에는 먼지가 두껍게 쌓여 있었다. 휴대폰 손전등 빛에 비친 니클라스는 마치 허깨비 같았다. 핼쑥하고 피곤해 보였다. 얼굴이며 머리카락, 옷에 먼지가 묻어 지저분했다.

"그러면 기다리는 동안 내가 니클라스를 여기서 어떻게 발견했어야 하는지 설명해 줘."

빈센트는 조금 전과 마찬가지로 단조로운 어조로 말했다.

"내가 수수께끼를 오해했나 본데. 하지만 경찰이 16번 노선을 모두 수색했는데도 찾지 못했어."

"물론 때를 맞춰 그를 승강장 근처로 데려가는 게 원래 계획이었어."

로케가 짜증이 섞인 목소리로 대답했다.

"그런데 그렇게 못 하게 됐지. 갑자기 모든 걸 빨리 처리해야 했거든. 그래도 걱정할 필요 없어. 우린 회토르에트에서 가까운 곳에 있으니까. 여기 지하에는 지하철 노선보다 더 많은 터널이 있거든."

"우린 여기서 기다린다는 거로군."

빈센트가 여전히 침착한 말투로 말했다.

로케를 자극할 만한 감정을 보여서는 절대 안 된다. 균형을 유지해야 했다.

"우린 멸망을 기다려야지. 당연하잖아."

로케가 말했다.

"그거 알아? 내 이름은 닫거나 끝내는 것을 뜻하는 고대 노르웨이어 단어에서 왔어. 나는 멸망과 종말을 주도하는 사람이야. 라그나뢰크, 종말의 날."

로케는 휴대폰 손전등으로 방의 나머지 공간을 천천히 비췄다. 빈센트가 생각한 것보다 넓은 공간이었다. 옆에는 뭔가가 잔뜩 쌓여 있었는데, 자세히 보니 스포츠 가방이었다. 여러 줄로 천장까지 쌓여 있어 거의 300개는 될 것 같았다. 어두컴컴해서 제대로 보이지는 않았지만, 모두 내용물이 가득 차 있는 듯했다. 터널을 지나오면서 이런 가방을 많이 봤다는 생각이 그제야 떠올랐다. 그때는 그저 쓰레기라고 생각했었다.

안에 든 내용물을 짐작하기는 어렵지 않았다. 스포츠 가방들은 토르의 폭탄이었다. 하나에만 불을 붙여도 연쇄 반응이 일어날 것이다. 첫 번째 폭탄의 압력과 온도가 나머지도 모두 폭발시킬 테니까.

토르는 10톤이나 되는 질산 암모늄을 모았다. 빈센트는 그가 이것으로 폭발물을 최소한 그 두 배는 되는 양을 제조했을 거라고 추측했다. 입이 바짝 말랐다.

로케가 긴장한 표정으로 시계를 들여다봤다. 폭발 시점이 점점 더 가까워지고 있는 모양이었다.

"이왕 여기서 이러고 있는 처지에, 죽을 땐 죽더라도 설명은 해 줄 수 있지 않나?"

빈센트는 두려움에 몸이 굳었음에도 애써 유머러스한 말투로 말을 이었다.

그는 로케가 자기를 좋아한다는 사실을 알고 있었다. 그의 몸짓 언어에서 확연하게 드러났다. 게다가 로케는 그에게 감탄했다고 표현하기도 했다. 운이 조금 따른다면 빈센트는 이를 이용할 수 있을 터였다. 그러나 로케와 연결이 끊어지지 않게 조심해야 했다.

니클라스의 머리가 가슴으로 늘어져 있었다. 빈센트가 그의 허벅지를 두드렸지만 반응이 없었다. 니클라스는 도움이 될 수 없을 것이다.

빈센트 혼자 탈출구를 찾아내야 했다. 그리고 로케의 입을 여는 것이 그 열쇠였다.

그의 발목에 묶여 있는 마이크로 모든 대화를 도청하고 있는 그림자가 충분히 이성을 소유한 자라서 경찰과 소방서에 신고해 준다면 좋겠지만 말이다. 그러나 그림자가 신고할 것 같지는 않았다.

"그래, 좋아."

로케가 어깨를 으쓱했다.

"토르 형과 내가 함께 일한다는 거야 이제 다들 알고 있겠지."

빈센트는 대답하지 않았다. 자기가 세부적인 사항까지 알지는 못한다는 사실을 눈치채게 하고 싶지 않았다. 그랬다가는 로케가 입을 다물지도 모르니까. 그래서 방금 로케가 한 말에 전혀 새로운 것이 없다는 듯이 그저 고개만 끄덕였다. 시간이 얼마나 남았는지 묻고 싶었지만 그 질문을 하기에도 아직 일렀다.

"난 이유를 알고 싶어."

빈센트가 말했다.

"명함과 무덤 주변의 모래시계는 무슨 의미야?"

로케는 한동안 입을 다물었다. 빈센트는 끈기 있게 기다렸다. 문밖에 누군가 그들의 목소리를 들을 수 있는 사람이 있을지 궁금했다. 하지만 아무도 없는 듯했다. 이곳에는 로케와 니클라스와 그밖에 없었다. 지금 이 순간 이 세상에는 그들뿐이었다. 그들이 우주였다. 생과 사였다.

"우리 엄마는 내가 본 사람 중에 가장 아름다운 여성이었어."

로케가 입을 열었다.

"엄마가 웃으면 자그만 우리 집의 모든 창문으로 햇살이 비추는 것 같았지. 아빠는 엄마를 정신 나간 사람처럼 사랑했어. 그런데 엄마가 베스테르브론 다리에서 투신하던 날 태양이 졌어. 아빠에게도, 나에게도. 세상이 무너졌지. 아빠가 집세를 내지 못하게 되니 우린 집에서 쫓겨났어. 어쩌다 그렇게 됐는지 모르겠는데, 내 짐작으론 아빠는 어차피 태양이 더는 비치지 않는다면 지하의 어둠 속에서 살아도 된다고 생각한 것 같아. 믿지 못하겠지만 우린 여기 지하에서 행복했어. 뭐, 보통은 그랬지. 우리 왕국에서 아빠는 왕이었어. 다들 아빠를 사랑했고. 이따금 내면의 어둠이 찾아오면 아빠는 한동안 사라졌어. 나에게 그런 모습을 보이지 않으려고 그랬겠지. 하지만 잘 지낼 때도 아빠는 슬펐어. 엄마가 우리를 떠나서. 아빠는 그렇게 생각했지. 엄마가 우리를 버렸다고. 아빠도 결국은 똑같은 행동을 했지만 말이야. 나를 버렸으니까."

로케는 방의 한쪽 구석을 가만히 바라봤다. 빈센트는 1미터쯤 쌓인 자갈 더미를 보고 그게 뭔지 바로 알아챘다.

"저게……."

로케가 고개를 끄덕였다.

"뼈는 네가 훔친 거로군."

빈센트가 차분하게 말했다.

"그런데 왜 나에게 전화했지?"

"아빠는 여기에 속한 사람이야."

로케가 자갈 더미를 부드러운 눈길로 바라봤다.

"차가운 금속제 작업대에, 그것도 쭉 펼쳐진 채 누워 있어서는 안 돼. 왕에게 걸맞지 않아. 하지만 뼈가 없어지면 파문이 일어나리란 것도 알았지. 난 당신이 상황을 진정시키는 데 도움을 줄 수 있을 줄 알았어. 별일이 아닌 것처럼 되게 말이야. 하지만 그건 착각이었지."

"다른 사람들에게도 VIP 장례를 치른 이유는……."

"그들도 나름대로 왕과 같은 명성을 얻었으니까. 비록 빌린 시간이긴 하지만 말이야. 왕이 여기 묻혔으니 그들에게도 여긴 충분히 훌륭한 장소야."

빈센트는 로케의 아버지가 묻힌 자갈 더미를 바라봤다.

"그러니까 너는 아버지가…… 사라진 후에 토르와 루네의 집으로 들어간 건가?"

"나도 여기 남고 싶었어."

로케가 고개를 끄덕였다.

"하지만 그럴 수 없었지. 아빠가 알려 줬던 큰아버지 전화번호를 늘 외우고 있었어. 큰아버지에게 전화해서 아빠가 돌아가셨다고 말했지. 처음엔 당황하시더군. 아빠가 이미 오래

전에 사망했을 거라고 다들 생각했으니까. 그렇게 난 그 집으로 들어갔어."

"그때 넌 몇 살이었지?"

"열 살. 토르 형은 스무 살이었어. 형은 처음부터 나를 받아들여 주고 내가 여기 지하에서 지내느라 놓친 모든 것을 가르쳐 줬어. 큰아버지는 얼마 후에 돌아가셨고, 그때부터 토르 형과 나밖에 없었어."

빈센트는 앉은 자세를 바꾸면서 스포츠 가방을 흘낏 바라봤다. 그가 움직이는 소리를 들은 로케가 손전등을 그가 있는 쪽으로 비췄다. 빈센트의 눈에 니클라스의 모습이 선명하게 들어왔다. 그는 좀 전과 똑같은 상태로 앉아 있었다. 빈센트는 그가 대화를 듣고 있는지, 아직 살아 있긴 한 건지 전혀 알 수 없었다.

"지금 뭐 하는 거야?"

로케가 살짝 짜증을 내며 물었다.

"미안. 나도 이제 더는 젊은이가 아니라서 몸이 좀 뻣뻣해지네."

"실망스럽네. 아까도 말했지만."

"요즘 컨디션이 정말 별로거든. 이제 네 이야기로 돌아가자. 다 괜찮아진 것 같은데 왜 살인이 벌어진 건지 이해가 안 되네."

그는 로케가 코를 씩씩거리는 소리를 들었다. 하지만 자기 이야기를 들려줄 시간은 충분한 듯했다. 로케가 조급해 보이지 않는 이상 빈센트는 안심할 수 있었다.

"토르 형은 엄마와 아빠에 대한 나의 분노를 이해했어."

로케가 대답했다.

"아빠는 늘 삶이 선물이라고 말했었지. 그냥 내던질 수 있는 것이 아니라고. 그러면 삶이 내포한 모든 것과 모순되니까 말이야. 그런데 아빠가 바로 그런 행위를 한 거야. 토르 형은 하랄드 할아버지가 항상 우리 집안은 바이킹의 후손이라고 이야기했다고 했어. 그리고 바이킹은 전투에서만 목숨을 건다고 했지. 그들은 자신의 삶을 스스로 끝낼 권리가 없다고 믿었어. 사실 그 말이 맞아. 그래서 토르 형은 삶을 포기한 사람에게 처음부터 다시 시작할 기회를 준다면 어떤 일이 벌어질지 궁금해했어. 모래시계가 무슨 뜻이냐고 물었지. 너무 당연하지 않아? 모래시계는 모든 것에 끝이 있다는 사실을 기억하게 하는 물건이야. 그런데 만약 모래시계를 다시 한번 돌릴 기회를 얻는다면 어떻게 될까? 토르 형은 바로 그걸 알아내려고 했어. 문자 그대로 바닥에 있던 사람들이 자신의 가장 큰 소원을 실현할 기회를 얻으면 그들은 뭘 추구할까? 하지만 그 결과는 형을 설득하지 못했어. 동기 부여 트레이너? 록스타? 그게 인류의 가장 큰 소원이라고? 그래서 형은 사람들을 일깨우기 위해 제대로 충격을 줄 아이디어를 생각해 낸 거야."

"하랄드, 루네, 비에른, 토르, 로케."

빈센트가 고개를 끄덕였다.

"모두 바이킹 이름이군."

"로케는 원래 내 가운데 이름이야. 하지만 토르 형은 마티아스보다 로케가 나한테 더 어울린다고 했어. 로케는 몰락을 불러오니까."

빈센트는 스포츠 가방을 다시 한번 건너다봤다.

*

미나가 유르스홀름에 있는 웅장한 철제문 앞에 차를 세운다.

"빌어먹을."

크리스테르가 중얼거린다.

"어떻게 들어가지? 문이 우리 경찰차보다 훨씬 튼튼해 보이는데."

크리스테르는 이번엔 함께 가겠다고 고집을 부렸다. 대문 옆 담장 기둥에 인터폰과 카메라가 달려 있다. 미나는 토르가 들여보내 주지 않을 거라고 짐작하지만, 운이 따른다면 경찰이 왜 왔는지 토르가 모를 수도 있다. 적어도 시도는 해 봐야 한다. 아담과 루벤이 니클라스와 빈센트, 로케를 찾는 일을 진두지휘하고 있고, 미나와 크리스테르, 율리아는 토르를 체포하려고 이곳에 왔다.

미나가 차에서 내려 인터폰 아래에 있는 초인종을 누른다. 몇 초 뒤에 부스럭거리는 소리가 들린다.

"예스?"

"경찰입니다. 토르 스벤손을 만나러 왔어요."

"죄송합니다. 스벤손 씨는 지금 여기 없어요."

여성의 높은 목소리가 영어로 대답한다.

"난 집을 청소하는 사람이에요."

"경찰입니다."

미나도 영어로 대답한다.

"우리를 들여보내 주시겠어요?"

인터폰 저편이 조용해진다. 그러다가 딸깍 소리가 들리더니 양쪽 대문 날개가 자동으로 열린다. 미나가 차에 오르자 크리스테르가 놀랍다는 눈길로 그녀를 바라보며 말한다.

"운이 좋았네."

"섬세한 감각이죠."

미나가 대답한다. 그러고는 진입로로 운전해 들어가서 차를 세운 후, 율리아와 크리스테르와 함께 차에서 내린다.

율리아가 집으로 이어지는 계단을 앞장서서 올라가 초인종을 누른다. 머리카락이 길고 검은 여성이 그들에게 문을 열어 준다.

"들어오세요."

그녀가 영어로 말하고 당황한 표정을 보인다.

"그런데 스벤손 씨가 언제 돌아올지 몰라요. 난 지금 막 가려던 참이에요."

"죄송해요."

율리아도 영어로 대답하고 신분증을 내보인다.

"집을 수색해야 합니다."

그리고 스웨덴어로 다시 한번 반복해서 말한다.

"글쎄요."

여성이 초조한 표정으로 대답한다.

"방금 청소했는데요."

"신발은 벗겠습니다."

크리스테르가 이렇게 말하고 그녀를 지나 안으로 들어간다.

"난 다리 위에 서 있었습니다."

갑자기 들려온 말소리에 빈센트는 몸을 움찔한다. 니클라스다. 그의 목소리는 쉬어 있고 약하다. 빈센트는 그가 말을 잇기 전에 침을 조금 모아서 삼키는 소리를 듣는다.

"베스테르브론 다리였어요."

그가 다시 한번 말한다.

"그때 한 남자아이가 다가왔죠. 추운 가을날이었습니다. 아이는 뭔가 특이했고 무척 순수해 보여서, 난 그 아이에게 내가 거기 있는 이유를 말했어요. 자살하려고 한다고. 내가 왜 그 아이와 얘기를 했는지는 지금까지도 모르겠는데, 아마 결정적인 한 걸음을 내딛기 전에 시간을 벌려고 했던 것 같습니다. 내가 말을 마치자 아이는 해결책을 하나 제시했어요. 거래였죠. 내가 죽음을 몇 년 미룬다면 자기가 내 문제를 해결해 줄 수 있다고 했습니다. 어차피 죽기로 굳게 마음먹었으니, 그 전에 제대로 한번 살아 보게 해 줄 수 있다더군요."

"그게 로케였나요?"

빈센트가 묻자 로케가 고개를 끄덕인다.

"나는 처음엔 우습다고 생각했습니다."

니클라스가 말을 이어 간다.

"어린아이가 내 문제를 어떻게 해결한다고? 그런데 아이가 누군가에게 전화를 걸었습니다. 그리고 내게 전화를 넘겨서 전화기 너머 어른과 통화를 했는데, 그가 나에게 그 제안이 진짜라고 보장하더군요. 최소한 10년은 더 살겠다고 그들에게 말하면 내 모든 문제가 해결될 거라고 말입니다. 호기심이 생겼습니다. 너무 정신 나간 소리라서 오히려 믿을 만하게 들릴 정도였습니다. 그리고 난 잃을 것도 없었죠. 그래서 그 제안을 받아들였습니다. 사기로 밝혀지면 다음 날이라도 뛰어내리면 된다고 스스로에게 말했어요. 하지만 사기가 아니었습니다. 그들은 약속을 지켰고, 정말 모든 문제가 해결됐습니다."

"왜 정확하게 20년이었어?"

빈센트가 로케에게 묻는다.

"정해진 규칙은 없었어."

로케가 어깨를 으쓱하며 대답한다.

"니클라스는 20년이었고, 마르쿠스는 겨우 17년이었지. 그는 우리가 다리에서 만난 마지막 사람이자 터널에 묻은 첫 번째 사람이었어. 에리카와 욘은 둘 다 18년을 받았어. 햇수가 아니라 꿈을 남김없이 실현했는지가 중요했지. 그들은 이미 삶을 끝내기로 결정했었어. 다들 인생의 선물을 거절하고 가장 간단한 탈출구를 선택했다고. 기회를 내던진 거야. 우린 그들이 무엇을 이룰 수 있는지 눈앞에서 보여 준 다음, 그들이 잃게 될 것이 뭔지 깨닫게 하려고 했어. 니클라스도 마찬가지야."

"나는 잃을 게 아주 많아."

니클라스가 나지막하게 말한다.

폭발물 탐지견은 레이더라는 이름의 래브라도리트리버이다. 레이더가 루벤 앞에서 움직인다. 지하철 환승역인 T-센트랄렌의 승강장은 세 층으로 이루어져 있고, 스톡홀름 통근 열차 승강장까지 합치면 모두 네 층이다. 각각의 층에 여러 노선이 지나간다. 다 합쳐서 14개의 터널 입구를 수색해야 한다. 비상 탈출구와 직원실을 빼고도 그만큼이다. 경찰서장은 폭발물 처리반의 탐지견들을 포함하여 동원할 수 있는 모든 대원을 신속하게 끌어모았다. 하지만 수색이 너무 느리게 진행된다. 너무, 너무 느리다.

폭발물 전문가들은 터널에 로봇을 들여보내자고 제안했지만, 로봇은 로케와 빈센트, 또는 니클라스를 찾는 데에는 도움이 되지 못한다. 사람이 터널을 직접 수색해야 한다. 경찰들은 간격을 크게 두고 넓은 지역에서 움직인다. 수많은 터널을 아주 짧은 시간 내에 수색해야 한다. 그나마 다행스럽게도 루벤은 개 조련 훈련을 이수해서 탐지견 한 마리를 직접 데리고 움직인다.

터널 안은 부자연스러울 정도로 고요하다. 루벤은 위쪽에서 벌어지는 대혼란을 생각할 엄두가 나지 않는다. T-센트랄렌은 스톡홀름 중앙역과 연결되어 있고 매일 폭발물 협박을 받지만 보통은 장난 전화다. 그러나 지금 이 위협은 진짜라서 총리는 지체 없이 가능한 모든 지원을 승인했다. 보안 경찰과 경찰청, 교통 회사의 보안 본부와 스톡홀름 운송 회사, 스웨덴 철도가 놀랍도록 짧은 시간 내에 공동 행동에 합의했다. 하지만 T-센트랄렌을 봉쇄하고 그 결과 스톡홀름 지하철

운행 전체를 실질적으로 마비시킨 이 결정은 시민들의 환영을 받지 못한다. 게다가 중앙역에 도착하고 출발하는 모든 근거리와 장거리 열차, 공항과 시내를 고속으로 왕복하며 15분마다 수많은 관광객을 데려오고 데려가는 알란다 익스프레스도 멈춰야 했다. 대도시를, 아니 사실상 전국을 잇는 요충지가 멈춰 섰고 사람들은 대피해야 한다. 이를 위해 출동 가능한 모든 질서 유지 인력이 동원되고 국가작전부는 국가 재난 안전 시책을 발동했을 뿐 아니라 헬리콥터로 공중에서 상황을 예의 주시하고 있다.

루벤은 지금 이 순간 위에서는 수백 명, 아니 수천 명이 왜 지하철역에 들어갈 수 없냐며 동료 경찰들에게 소리를 지르고 있을 거라고 추측한다.

특공대가 율리아의 팀원들과 함께 터널을 수색한다. 루벤은 이제 곧 뭔가 발견하기를 기대한다. 봉쇄 상태를 계속 유지할 수는 없다. 하지만 어차피 더는 시간이 없다. 니클라스의 카운트다운이 지나가면 로케는 틀림없이 토르의 폭탄을 터트릴 것이다. 그러면 모든 게 끝장이다.

"들어와서 문을 닫으세요."

토르의 가사 도우미가 갑자기 바쁜 것처럼 계단을 달려 내려간다. 미나는 급히 철제문 쪽으로 가는 그녀의 뒷모습을 잠시 바라보다가 크리스테르의 뒤를 따라간다. 현관 로비가 최소한 미나의 집만 하다. 천장에는 거대한 크리스털 샹들리에도 달려 있다.

"토르! 경찰입니다."

율리아가 소리친다.

"그가 집에 있을까?"

미나가 묻는다. 율리아가 고개를 끄덕인다.

"가사도우미가 솔직하게 말한 것 같진 않아. 그러기에는 너무 초조해 보였어."

율리아는 권총을 빼 들고 바닥으로 총구를 내린다. 미나와 크리스테르도 그렇게 한다.

"내가 여기를 지키고 있을게."

크리스테르가 현관에 자리를 잡는다.

"토르가 집 안에 있다가 도주할 경우에 대비해서."

미나는 놀라서 그를 쳐다본다. 이렇게 결단력 있는 그의 모습은 처음 보는데, 그게 그녀의 마음에 든다. 현관문을 막고 있는 노련한 경찰은 함부로 상대하기 어려운 사람이다.

율리아와 미나는 집 안쪽으로 계속 들어간다. 계단이 위층으로 이어지고, 그곳에는 각각 욕실을 갖춘 두 개의 침실과 서재가 있다. 침실 하나는 토르, 다른 하나는 로케의 방이다. 하지만 토르는 이곳에 없다. 둘은 다시 아래층으로 내려간다.

"토르를 봤어요?"

율리아의 질문에 크리스테르는 고개를 젓는다.

1층에는 호두나무로 만든 거대한 식탁이 놓인 식당, 벽난로와 그랜드 피아노가 있는 거실과 부엌이 있다. 부엌 크기로 볼 때 토르는 주방 직원도 고용한 듯하다. 이곳에도 토르는 없다. 하지만 미나와 율리아는 같은 생각을 한다. 이 집에 있는 사람은 그들만이 아닌 것 같다.

"시간이 갈수록 나는 그 거래에 대해 생각하지 않게 됐습니다."

니클라스가 말한다.

"상황은 점점 나아졌고요. 그래서 뒤에서 누군가 조종하고 있다는 사실을 잊기로 마음먹었지요."

먼지 많은 공기에 빈센트는 코가 간질거린다. 재채기를 하지 않으려고 꾹 참는다. 재채기 때문에 폭발이 일어나지는 않겠지만, 확실한 게 좋으니까.

"토르가 당신과 일하기 시작했을 때 그를 알아보지 못했습니까?"

빈센트가 묻는다.

"최소한 목소리라도?"

"못 알아봤죠. 어떻게 알 수 있었겠습니까? 우린 다리에서의 그 일이 있고부터 오랜 시간이 흐른 후에야 만났습니다.

수년 전에 전화로만 들은 목소리를 기억하는 사람이 어디 있겠어요?"

"파우스트."

빈센트가 말한다.

"당신은 파우스트였군요."

"그래요."

니클라스가 나지막하게 대답한다.

"난 악마에게 영혼을 팔았습니다."

"아니야!"

로케가 새된 목소리로 소리친다.

"토르 형은 악마가 아니라고. 오히려 반대지. 우린 당신들에게 호의를 베풀었어."

"당신들?"

빈센트가 묻는다.

"에리카, 욘, 마르쿠스. 다들 똑같았어."

로케가 대답한다.

"난 그들을 다리에서 만났어. 한 명씩 차례로. 모두 삶을 내던져 버리려고 했지. 그러는 대신 그들은 더 오래 살았을 뿐 아니라 꿈을 실현했어. 이건 선물이야! 니클라스, 당신은 그때 삶을 끝내기로 결심했었잖아. 그건 변하지 않았어. 토르 형과 나는 당신이 버리려던 삶이 얼마나 소중한 거였는지 가르쳐 줬을 뿐이야. 당신이 생각을 바꾼 건 우리가 알 바 아니지. 합의는 유효해. 그때 다리에서 죽으려던 결심은 당신 스스로 했던 거라고."

루벤은 스톡홀름이 얼마나 부서지기 쉬운지 처음으로 깨닫는다. T-센트랄렌 봉쇄는 전체 인프라 구조에 영향을 끼친다. 인구 100만 명의 도시를 마비시키려면 교차점 한 곳만 통제해도 충분하다. 토르는 자신의 목표를 어떤 방법으로 실행해야 하는지 정확히 안다.

허리띠에 달린 무전기가 삑삑 소리를 낸다.

"청색선으로 최대한 깊이 들어옴."

아담의 목소리가 무전기에서 흘러나왔다.

"여긴 아무것도 없음. 남쪽 끝과 똑같은 상황임."

루벤은 손전등으로 터널 벽을 비춘다. 세월이 흐르면서 그가 신뢰하게 된 경찰의 본능은 이곳에 뭔가 이상한 점이 있다는 걸 알려 준다. 이제 뭔가 나올 때도 됐는데. 시간이 많이 남아 있지 않다. 빈센트가 받은 쪽지에 뭐라고 쓰여 있었지?

시간이 다 지나가기 전에 네 번째를 찾아.

도움이 되지 않는 말이다.

루벤은 녹색선을 따라 남쪽으로 계속 걸어서, 선로 옆에 벽이 움푹 들어간 곳에 도착한다. 수리용품을 보관하는 장소처럼 보인다. 폭발물 탐지견 레이더가 갑자기 짖는다. 개가 그 자리에 서서 온몸을 빳빳하게 긴장한다.

"이 녀석아, 왜 그래? 뭔가 찾아냈어?"

루벤은 무전기를 잡는다. 그리고 마이크를 켜고 말한다.

"폭발물 단서 발견된 것 같음. 전원 대기 바람."

래브라도는 고민하는 듯하더니 긴장을 풀고 다시 걸어간다.

"착오였음."

루벤은 실망하여 무전기를 다시 허리띠에 고정한다.

"여기도 없는 것 같군. 이해가 안 되네. 여긴 숨을 만한 장소가 별로 많지도 않은데."

"나는 다시 위층으로 올라갈게."

율리아가 말한다.

"옷장 하나를 빠트리는 것보다는 두 번, 세 번 확인하는 편이 나아. 토르가 옷장에 숨어 있을 사람처럼 보이지는 않지만 그거야 모르는 거니까."

"난 여기 아래를 다시 한번 둘러볼게."

미나가 말한다.

거실에도, 식당에도 가구가 깔끔하고 널찍하게 자리 잡고 있어서 토르가 커튼 뒤에 숨은 게 아니라면 여기 없다는 사실을 한눈에 알 수 있다. 하지만 그는 커튼 뒤에 없다.

레스토랑 주방처럼 보이는 부엌은 양쪽에 작업대가 있고, 가운데에는 가스레인지가 달린 아일랜드 식탁이 놓여 있다. 벽에는 닫힌 문이 두 개 있다. 미나는 아까 이미 열고 들여다 봤지만 또 열어 본다.

한쪽 문은 식자재 창고로 이어진다. 다른 쪽도 비슷한데, 토르는 이곳에 와인을 보관한다. 천장까지 닿는 보관장이 있고 한 병 가격이 미나의 월급보다 비싼 와인이 가득 누워 있다.

와인 창고 문을 닫으려는데 뭔가가 미나의 눈에 띈다. 왼쪽 와인 장에 바퀴가 달려 있다. 그다지 넓지도 않은 공간에 저런 장이 있다니 좀 이상하다. 미나는 권총집에서 권총을 꺼내 들고 장을 옆으로 민다. 장은 손쉽게 1미터쯤 옆으로 밀려나고, 그 뒤에 뻥 뚫린 구멍이 눈에 들어온다. 선반 뒷면이 문 역할이었다. 심한 식초 냄새가 몰려온다.

"미나, 이리 와. 집을 한 바퀴 돌아보자."

율리아가 현관 로비에서 소리친다.

"금방 갈게."

미나가 대답하고 구멍을 들여다본다.

"하나만 확인하고."

"내가 맞혀 볼까."

빈센트가 말한다.

"넌 법의학연구소에서 습격을 당했던 게 아니야. 미나와 나탈리보다 먼저 발테르 스토켄베리 집에 가서, 거기 숨어 있는 니클라스를 납치하려고 갑자기 사라졌던 거지."

로케가 어둠 속에서 고개를 끄덕이며 대답한다.

"우린 즉각적으로 대처해야 했지. 미나와 나탈리가 토르 형과 헤어진 다음 엘리베이터를 타고 아래층에 도착하기도 전에 형이 나에게 전화했어. 형이 직접 갔더라면 의심을 샀을 테니까. 두어 시간 자리를 비우기에 더 적당한 핑계가 떠오르지 않더군. 그나마 형이 미나에게 길을 돌아서 가라고 충고했기에 망정이지, 하마터면 성공하지 못할 뻔했어. 내가 그 집에서 나오는데 둘이 맞은편에서 오고 있더라고. 나중에 돌이켜 보니 최선의 계획은 아니었지만, 알리바이를 만들려고 달려간 응급실에서 날 믿어 주기는 했어. 나 스스로에게 상처를 좀 내야 했지만 말이야. 이렇게 해서 다른 문제도 해결할 수 있었지. 당신들이 24시간 후에야 DNA 테스트 결과를 알게 됐으니까 말이야."

"그러면 발테르는?"

빈센트가 묻는다.

"넌 너희가 사람들에게 선택권을 준다고 주장하잖아. 발테르도 자신의 죽음에 동의했나? 그에게 그런 거래에 서명하게 했어? 폭탄이 터지면 죽게 될 사람들은? 그들도 죽기로 결정했어?"

"그건…… 내가 올바른 일을 하기 위해 치러야 할 대가야."

로케가 이렇게 대답하지만, 빈센트는 그가 더는 확신이 없다는 걸 알아챈다.

빈센트는 로케의 입이 이미 오래전부터 본인의 말을 하지 않는다고 생각한다. 모두 토르의 말처럼 들린다. 그래서 빈센트는 토르의 논리로 생각해야 한다. 그의 동기를 알아야 한다. 로케는 그가 마음대로 주무를 수 있는 어린 제자였다. 처음에는 아마 로케가 말한 대로였을 테고, 실제로 더는 아무것도 해낼 수 없게 된 사람들에게 삶이 무엇을 제공하는지 증명하고 그들을 질책하려는 의도였는지도 모른다.

하지만 토르의 계획은 세월이 흐르면서 변한 듯하다. 그리고 거기서 더 나아갔다. 무수히 쌓여 있는 스포츠 가방들이 이를 증명한다. 토르는 처음엔 적어도 겉으로나마 로케를 도왔을지 몰라도, 결국 나중에는 그를 이용했다. 인정하지는 않겠지만 로케도 이를 서서히 눈치챈 듯하다. 여기서 살아 나가려면 빈센트는 눈에 띄지 않게 전면의 이 균열을 긁어야 한다.

포기하고 막 돌아서려던 루벤은 터널 왼쪽에서 문을 하나 발견한다. 그는 그 문에 손전등 빛을 비춘다. 자물쇠가 부러지고 문이 살짝 열려 있다. 로케와 빈센트가 여기 지하 어딘가에 있다면 틀림없이 이 문 뒤가 답일 것이다. 다른 가능성은 없다.

그는 권총을 빼 들면서 탐지견이 자기 존재를 알리지 못하게 목줄을 당긴다. 그리고 최대한 조용히 문으로 다가간다. 아무 소리도 들리지 않는다. 하지만 그건 의미가 없다. 그는 잠시 마음을 진정시킨 후에 발로 문을 걷어차고 몸을 뒤로 뺀다.

아무 일도 일어나지 않는다.

그는 로케가 무장했을 경우에 대비해 공격당할 면적을 최소화하느라 몸을 숙이고 안으로 들어간다. 손전등 빛에 자그마한 창고 공간이 드러나지만 매트리스 두어 개와 오래된 보드카 병 몇 개 빼고는 텅 비어 있다. 아마도 비비안이라는 사람의 친구들이 묵는 곳인 듯하다. 빈센트도, 로케도, 니클라스도 없다.

폭탄이 없다.

시간이 다 지나가기 전에 네 번째를 찾아.

시간이 다 지나가기 전에……

루벤은 불현듯 행동을 멈춘다.

시간이 다 지나가기 '전'에.

말도 안 돼. 그럴 수가 있나? 빈센트는 잘못 생각했다. 마스터 멘탈리스트가 사고의 오류를 저질렀다.

와인 장 뒤쪽 공간은 토르의 부엌만큼이나 크고 생김새도 부엌과 비슷하다. 하지만 뭔가 다른 점도 있다. 부엌과 달리 이 공간에는 온통 타일이 붙어 있다. 양쪽 벽에 작업대와 전기 레인지가 있다. 레인지 위에는 대형 냄비들이 있는데, 거기서 강한 식초 냄새가 풍겨 온다.

뒤쪽 벽에는 냉장실을 연상시키는 두 개의 철제문이 있다. 미나는 부엌처럼 생긴 그 공간으로 들어간다. 가까이에서 보니 하얀 타일들 사이의 줄눈이 여기저기 갈색으로 변해 있다. 빈센트에게서 선물로 받은 움브라가 문득 떠오른다. 미나는 손으로 타일을 쓰다듬다가 그게 무엇인지 깨닫고는 소스라치게 놀라서 물러선다.

피.

변색된 핏자국이다.

그리고 뒤로 휙 돌아서서 냄비를 다시 바라본다. 로케와 토르는 여기서 시신을 끓였다. 그 전에 당연히 토막 냈을 테고, 그래서 핏자국이 있는 것이다. 갑자기 그녀의 휴대폰이 울린다. 그 소리에 미나는 몸을 움찔한다. 떨리는 손으로 주머니에서 휴대폰을 꺼내 화면을 보는데 모르는 번호다.

"미나 다비리 형사입니다."

그녀가 말한다.

"안녕하세요. 내 이름은 세바스티안 바게입니다. 빈센트 발데르 씨와 통화하려고 했는데 연락이 되지 않아서요. 지난번에 만났을 때 그가 당신 전화번호를 줬……."

"바게?"

미나가 그의 말을 가로챈다.

"곤충학자시군요."

"네, 맞습니다."

바게가 반갑게 대답한다.

"그냥 딱정벌레 일은 잘 되어 가는지 묻고 싶어서 연락했습니다."

"빈센트는…… 지금 여기 없어요."

미나가 대답한다.

"그런데 그 딱정벌레 말인데요. 자연사 박물관에서 수천 마리씩 얻을 수 있다고 하더라고요."

"아, 그래요? 보통은 기껏해야 한 줌 정도만 받을 수 있습니다. 그래서 직접 증식해야 해요. 성체 집단을 만들려면 시간이 걸린답니다."

바로 그 순간 미나는 구석에서 그것을 발견한다. 작업대 옆 바닥에. 욕조만 한 그 테라리엄은 흙이 가득 차 있는 것처럼 보인다.

안 돼…….

"여보세요."

전화기 저편에서 세바스티안이 소리친다.

미나는 전화를 끊고 테라리엄에 가까이 다가간다. 유리판 뒤의 흙이 움직인다. 바짝 다가가서 보니 흙이 아니다. 5, 6밀리미터 크기의 작은 암갈색 딱정벌레다. 통통하고 기름져 보이고 아주, 아주 많다. 테라리엄 가장자리까지 그득그득하다. 딱정벌레가 도망치지 못하게 막는 것은 유리판뿐이다.

미나는 구역질을 억누르느라 손으로 입을 막는다.

"올바른 일을 하기 위해 치러야 할 대가라는 게 무슨 뜻이지?"

지금 로케의 주장에 의문을 제기하는 건 위험하지만 빈센트는 이렇게 묻는다.

"어떤 점에서 폭탄이 '올바른 일'이라는 거야?"

"우리 할아버지는 뭐가 옳은지 알았어."

로케는 마치 철벽에 대고 말하는 것처럼 목소리를 높인다.

"역사는 할아버지의 목표를 오해했기 때문에 할아버지에게 안 좋은 판결을 내린 거야. 독일은 혹독한 시련을 겪어야 했어. 피를 많이 흘렸지. 무고한 사람들의 피도. 하지만 변화에는 항상 대가가 따르는 법이야. 토르 형은 그걸 알아. 남들은 어수선한 틈을 타서 눈앞의 사욕을 채우지만 토르 형은 확실하고 또렷하게 봐. 형은 대혼란에서 질서가 생긴다는 걸 알아. 대혼란 속에서 죽어 가는 죄 없는 사람들은 더 나은 가치를 위해 자기 목숨을 희생하는 거야. 이보다 더 고귀한 게 있을까? 그리고 정말로 죄 없는 사람은 없어. 발테르 같은 사람은 더더욱 그렇지. 그는 낡아 빠진 부정부패의 상징이라고."

"그건 네 말이 아니야."

빈센트가 말한다.

"토르의 말이지. 이봐, 로케. 넌 삶의 가치를 잘 알아. 모든 삶의 가치를. 그래서 이런 일을 한 거잖아. 너는 문제가 있는 사람, 상황이 안 좋은 사람을 도왔어. 삶이 선물이라는 사실을 잊은 사람들에게 그걸 상기시키고 싶어 했지. 네 입으로 그렇게 말했잖아. 그런데 지금은 여기 앉아서 무고한 희생자들의 삶이 가치 없다는 듯이 이야기하고 있군. 그렇게 말하면 네가 교훈을 주려는 사람들과 너 사이에 아무런 차이도 없는 거야. 네가 정말 어떤 사람인지 잘 기억해 봐."

로케의 눈꺼풀이 깜박인다. 그가 입을 열었다 닫기를 몇 번 반복하는데 니클라스가 끼어든다.

"토르가 나를 납치하라고 우리 아버지 집에 널 보내면서 그렇게 말했나?"

니클라스가 쇳소리를 낸다.

"우리 아버지는 부패한 사람이니 죽어야 한다고? 아니, 아니야. 발테르 스토켄베리는 정의의 화신이었어. 누구나 아는 사실이지. 그럼 넌 도대체 어떤 인간인 걸까?"

니클라스의 무감각한 상태는 완전히 사라지고 없다. 로케가 몸을 돌리지만, 빈센트는 그의 뺨에서 눈물을 본다.

"바로 당신이라서, 당신의 죽음은 다른 사람의 죽음보다 큰 의미가 있어."

그러다 로케가 입을 연다.

"당신이 맡은 직책 때문에 당신은 낡은 사회에서 오작동하고 있는 모든 것의 상징이 됐으니까. 왕이었던 우리 아버지는 사회가 제대로 작동했다면 여기 터널로 추락하지도 않았어. 죽을 필요가 없었다고. 당신이 실패한 거야. 그러니 당신은 여기서 죽고, 낡은 세상은 불에 탈 거야."

시간이 다 지나가기 전에 네 번째를 찾아.

루벤은 이 힌트가 빈센트의 짐작과 달리, 니클라스에게 남은 시간이 아님을 깨닫는다. 이 메시지는 모래시계와 함께 왔으니 당연히 시계와 관련이 있다. 빈센트의 말에 따르면 모래시계의 시간은 니클라스가 T-센트랄렌에서 발견되리라는 것을 뜻한다. 하지만 편지에는 시간이 다 지나가기 '전에' 네 번째를 찾으라고 쓰여 있다. 수수께끼의 해답은 시간이 아니라 장소다.

니클라스는 시간이 다 지나가기 '전'의 역에 있다. 지하철이 T-센트랄렌에 도착하기 전의 역. 예전 16번 노선 정보에 따르면 그 역은 회토르예트다.

빈센트가 이걸 놓쳤군.

내가, 바로 이 루벤이 유명한 마스터 멘탈리스트가 이를 악물어도 해결하지 못한 수수께끼를 풀었어. 하하! 그는 레이더에게 윙크한다. 개는 혀를 늘어뜨리고 의아하다는 표정으로 그를 쳐다본다.

허리띠에서 무전기를 꺼내 든 루벤은 저도 모르게 고함을 지르지 않도록 자신을 억누른다.

"여긴 우리가 찾던 곳이 아님."

그가 흥분한 목소리로 말한다.

"한 정거장 전 역인 회토르예트임. 당장 그곳으로 가야 함."

회토르예트는 봉쇄되지 않았다. 지하도, 지상도. 그게 무슨 뜻인지 깨달은 순간 루벤은 몸이 싸늘해진다. 역 바로 위에는 매일 수백 명이 지나가는 광장이 있다. 지금쯤 크리스마스 음악회가 진행 중일 콘서트홀도 그곳에 있다. 좌석이 1,700석이다. 지하의 카페와 상점에도 수백 명이 있을 것이다. 광장 주변의 건물들은 또 어쩌나. 그의 머릿속에서 숫자들이 공중제비를 넘는다.

토르의 폭탄은 니클라스와 빈센트를 포함해서 최소 3천 명의 목숨을 앗아갈 것이다.

루벤은 주머니에서 휴대폰을 꺼내, 시간이 무자비하게 흘러

가고 있는 알람 앱을 켠다. 터널 수색에 참여한 모든 경찰은 로케가 폭탄을 터트리기 전에 니클라스에게 남은 시간을 알기 위해 구역질 나는 자동 응답기 내용에 타이머를 맞추었다.

17분 42초. 성공은 불가능하다.

"이 안에 있는 거 다 알아."

부엌에서 토르의 목소리가 울린다.

"그리고…… 보아하니 로케의 작업실도 발견한 모양이군."

미나는 숨이 멎는다. 어딘가에 숨어야 한다. 토르는 아직 그녀를 발견하지 못했다. 냉장실. 미나는 그곳으로 가서 조심스럽게 손잡이를 당겨 보지만 잠겨 있다.

"아이고, 안타까워라."

토르가 말한다. 그의 목소리가 가까워진다.

"이 공간 말고는 너희 손에 아무런 증거도 없을 거야. 공판은 아주 오랫동안 지속될 테고, 그러는 동안 너희는 모두 잘릴 게 뻔하지. 그런데 그 안에 DNA 흔적이 있으니, 당연히 그대로 두면 안 되겠지?"

미나는 그를 잡아야 한다. 기회는 아마 한 번뿐일 것이다. 그러나 이곳에는 숨을 만한 장소가 전혀 없다.

"그러니까 너는 이제 수사 중에 흔적도 없이 사라진 경찰이 되어 줘야겠어."

토르가 여전히 부엌에서 말을 이어 간다.

"네 친구들은 정원에 있어. 네가 어디로 갔나 의아해하면서 여기로 돌아오기까지는 몇 분쯤 더 걸릴 거야. 나도 일을 해치우는 데 2, 3분이면 충분하고."

부엌에서 금속성이 크게 울리고, 토르가 뭔가 무거운 것을 덜거덕거리는 소리가 들린다.

"그건 그렇고 시간 이야기가 나와서 말인데, 니클라스에게 시간이 얼마 안 남았어."

그가 말한다.

"널 놀라게 할 깜짝쇼를 망치고 싶진 않지만 미리 귀띔해 줄게. 바람이 딱 맞게 불어온다면 아마 여기서도 폭발음이 들릴 거야. 이제 시간이 다 됐거든. 드디어 새로운 질서가 창조되는 거지. 하랄드 할아버지 말이 옳았어. 우린 국민을 응석받이로 만들면 안 돼. 양 떼에게는 목자가 필요한 법이야. 약한 사람들은 걸러 내야지. 다들 그저 투덜거리기만 하고, 자기가 얼마나 좋은 환경에 있는지 모르는 자들이야. 할아버지 이후로 그것들을 꿰뚫어 볼 수 있는 사람은 나밖에 없어. 그것들과 함께 일하는 게 어떤 건지 알아? 늘 비위를 맞춰 줘야 한다는 게 어떤 느낌인지? 겁쟁이들의 한없는 불평불만을 듣고 있어야 하는 기분이 어떤지? 그들은 약해 빠졌어. 그래서 난 그들을 증오해. 그들을 모두 죽이고, 원래 그랬던 것처럼 자랑스러운 바이킹의 세상을 만들 거야. 너희는 나에게 감사하게 될 거라고!"

공기가 안 좋다. 미나는 최대한 소리를 죽여 팔꿈치 안쪽에 대고 기침을 한다. 그와 동시에 토르가 자기 기침 소리를 듣지 못하게 해 달라는 절박한 기도를 하늘로 올려 보낸다.

"뭐, 넌 아니겠지만."

그가 말을 이어 간다.

"그래도 넌 오랫동안 회자될 미스터리가 되는 영광을 누리게 될 거야. 수색 업무 중에 갑자기 사라진 법무부 장관의 전처. 물론 경찰이 너를 찾으려 하겠지. 하지만 네가 있는 공간은 절대 발견되지 않을 거야. 장이 문 입구에 똑바로 있으면 거긴 완전히 폐쇄되거든. 나를 의심하는 사람은 아무도 없을 테고. 당신 동료들이 확인했듯이, 난 이곳에 있지 않으니까. 이 망할 놈의 연장 케이블."

그가 부엌에서 모터를 켠다. 모터 소리가 윙윙거린다. 전기톱인 것 같다. 미나는 다시 팔꿈치 안쪽에 대고 기침을 한다. 공기가 아무래도 이상하다.

"로케가 늘 그렇게 하듯이 나도 네 뼈를 끓이고 싶어."

토르가 모터 소리보다 크게 말하느라 고함을 지른다.

"하지만 그럴 시간이 없네. 널 토막 내는 걸로 만족해야지."

토르는 완전히 미친 듯하다. 미나는 최대한 소리를 내지 않고 천천히 권총을 뺀다. 최악의 경우 그를 쏴야 한다.

"내가 곧 간다!"

그가 소리친다.

"톱이 왜 이렇게 무거워. 빌어먹을 전선이 다리에 계속 감기네. 그건 그렇고, 쉭쉭거리는 소리 들려? 아래를 봐. 부엌에서 들어가는 호스가 보이지? 거기서 LPG 가스가 나오고 있어. 공기 순환기도 켰으니 지금쯤이면 그 공간 전체에 가스가 퍼졌을 거야."

미나는 세 번째로 기침을 하면서 그 이유를 깨닫는다. 강렬한 식초 냄새 때문에 가스를 알아채지 못했다.

"넌 아마 권총을 가지고 있겠지."

토르가 말한다.

"하지만 내가 너라면 정말 총을 쏠지 두 번은 고민하겠어. 발포하는 즉시 엄청난 폭발이 일어날 테니까. 나를 죽이려다가 실수로 자기 목숨까지 잃었다고 하면 네 딸이 뭐라고 할까?"

토르 말이 옳다. 권총은 도움이 되지 않는다. 미나는 공포에 질려 주위를 살펴본다. 숨을 곳이 없다. 냉장실로 통하는 문은 잠겨 있다. 전기 레인지 위의 대형 냄비는 숨기에는 너무 작다.

테라리엄.

안 돼.

다 돼도 그것만은 안 돼.

이제 죽겠구나.

로케가 입을 다문 채 두 사람을 바라본다. 빈센트는 휴대폰 불빛으로 그의 뺨에 흐르는 눈물을 본다. 눈물은 이제 줄줄 흘러내리고 있다.

"내가 무슨 짓을 했는지 알아."

로케가 흐느끼며 말한다.

"나도 문제의 일부야. 그래서 당신들과 함께 불타야 해."

빈센트가 비웃듯 박수를 치기 시작한다. 로케는 이제 공격에 취약해졌다. 빈센트는 자신의 행동이 마음에 들지 않지만, 로케를 자기편으로 끌어당기기 전에 지치게 만들어야 한다.

"대단해."

냉소가 뚝뚝 묻어나는 어투로 빈센트가 말한다.

"토르는 어린 자살 테러범을 아주 자랑스럽게 여길 거야. 게다가 본인은 손가락도 까딱할 필요가 없지. 아마 지금쯤 집에 느긋하게 앉아서 넷플릭스나 보고 있을걸. 네 생각 따윈 전혀 하지 않을 거야. 너는 토르 때문에 네 목숨을 희생하려고 하는데 말이지."

"아니, 아니야."

로케가 흐느끼며 더듬더듬 대답한다.

"그렇지 않아! 토르 형은 그늘에서 일어나 이 나라를 새롭고 더 나은 방향으로 인도할 거야. 형은 우리가 이 나라를 다시 자랑스러워할 수 있게 될 거라고 했어. 바이킹들처럼. 그때야말로 삶은 가치가 있었으니까. 모두가 이해하게 될 거야. 토르 형이 약속했어⋯⋯. 사람들이 내가 그 모든 걸 가능하게 한 인물이라고 기억하게 자기가 만들어 줄 거라고."

"멍청한 놈."

니클라스가 나지막하게 말하고 소매로 얼굴을 쓸어내린다.

"넌 이루 말할 수 없이 멍청한 녀석이다."

빈센트는 일어서려는 니클라스를 붙잡는다.

"사람들은 널 분명히 기억하게 될 거야."

빈센트가 로케에게 말한다.

"하지만 네가 생각하는 대로는 아니야. 토르의 계획은 네가 사악한 테러리스트라서, 본인이 너와 같은 테러범들에게서 국가를 구할 때 비로소 이루어지거든. 그는 너에 대한 기억을 보란 듯이 화형시키고, 사람들이 너를 영원히 증오하게 만들 거야."

빈센트는 로케가 서서히 자각하는 모습을 바라본다. 로케는 긴장한 눈빛으로 스포츠 가방을 흘낏거린 다음 시계를 들여다본다. 그리고 빈센트를 돌아본다. 지금이 아니면 기회가 없다.

"하지만 꼭 그렇게만 되리라는 법은 없어."

빈센트가 아주 또렷하게 말한다.

"저 위에 있는 사람들을 구할 수 있게 우리를 도와줘. 우린 친구잖아. 너는 그런 일을 당할 이유가 없어. 넌 왕자야. 그리고 이제 토르가 아니라 네가 영웅이 될 수 있어."

로케는 대답하지 않는다. 하지만 빈센트는 그의 얼굴에서 공포가 사라지고 냉철한 평온이 드러나는 모습을 지켜본다.

로케가 결정을 내린 것이다.

"어쩌면 당신이 말하는 대로일지도 몰라."

그가 말한다.

"토르 형에겐 나와 다른 계획이 있고, 형이 나에게 진실을 다 말하지 않았을 수도 있어. 하지만 형은 나를 도와줬어. 나는 선택의 여지가 없다고. 형은 나를 보살폈고, 내 목숨을 구해 줬어. 왕자의 목숨을. 나는 형에게 빚을 진 거야. 형은 나를 마음대로 해도 돼. 아빠도 그렇게 생각할 거야."

빈센트의 몸이 쪼그라진다. 그의 계획대로 되지 않았다. 이제 더는 어떻게 해 볼 수가 없다. 콘크리트 벽으로 둘러싸인 지저분한 창고가 이제 곧 그의 무덤이 될 것이다. 그리고 지상에서 죄 없는 사람들의 피가 아래로 흘러내릴 것이다.

"시간이 얼마나 남았지?"

그가 나지막하게 묻는다.

로케는 대답하지 않는다.

빈센트는 눈을 감고 가족을 생각한다. 그리고 미나를. 마지막으로 한 번만 더 미나에게 손이 닿을 수 있다면.

지금 선 자리에 그대로 있을 수는 없다. 미나는 뭔가 해야 한다. 그녀는 구석에 있는 테라리엄으로 가면서 주머니에서 물티슈를 꺼내 세 장을 뽑는다. 두 장은 뭉쳐서 양쪽 귀를 막는다. 나머지 한 장은 가운데를 찢어 양쪽 콧구멍에 넣는다. 그런 다음 유리판을 옆으로 밀고 높은 유리 벽을 넘어간다. 열대의 더운 기운이 불어온다. 차라리 정신없이 서두르면 내가 지금 도대체 여기서 뭘 하는지 생각할 여유도 없을지 모른다.

테라리엄에 들어가니 딱정벌레들이 허벅지까지 차오른다. 딱정벌레들은 그녀를 향해 움직이며 물결치듯 다리를 누른다. 바닥에 앉으니 이제 가슴까지 뒤덮는다. 그것들은 흥분해서 미나 주위를 기어다니고 몸으로 기어오른다.

"이제 내가 간다!"

토르가 외친다.

미나가 눈을 꾹 감고 속으로 비명을 지르며 뒤로 기대자 딱정벌레들이 그녀의 몸과 얼굴을 완전히 뒤덮는다. 머릿속에서 뭔가가 망가지는 것이 느껴지지만, 미나는 완전히 드러누워 넘실대는 딱정벌레의 바다 속에 몸을 쭉 뻗는다. 물티슈가 빠져나오지 않기를 바랄 뿐이다. 그랬다가는 순식간에 수백 마리의 딱정벌레가 귀와 코로 들어올 테니까.

물티슈와 딱정벌레 떼를 헤집고, 이리저리 다급하게 뛰어다니고 있을 토르와 그의 손에 들린 전기톱 모터 소리가 들려온다.

"어디 있어?"

그가 고함을 지른다.

미나의 속눈썹이 당겨지는 느낌이 든다. 딱정벌레가 눈꺼풀 아래로 들어오려고 하는 것이다.

그녀는 눈을 더욱 세게 꾹 감는다.

"냉장실에 숨었어? 그럴 리가 없는데."

갑자기 한쪽 콧구멍에서 물티슈가 빠져나가고 뭔가가 콧속으로 기어들어 온다. 극심한 충격에 미나의 뇌는 조금씩 기능을 잃어 간다. 그녀는 이겨 내지 못할 것이다. 스웨터 아래에서 딱정벌레들이 따끔거리고, 입술 사이를 간지럽힌다.

또렷하게 생각하기가 점점 더 힘들어진다. 적나라한 공포뿐이다. 이 공포가 그녀의 자기 보존 욕구를 무력하게 만든다. 공포가 너무 커서 삶의 의지가 꺾인다. 미나는 그저 죽고 싶다. 포기하고 싶다. 그녀는 구역질 나게 바스락거리는 소리와 온몸을 기어다니는 느낌이 더는 인식되지 않는 상태로 서서히 접어든다.

딱정벌레들이 바지 안으로 들어와 다리를 기어 올라오는 게 느껴진다. 안 돼. 죽자. 죽어야 해.

눈앞에 나탈리가 나타난다. 바로 앞에 서 있는 것처럼 선명하다. 기억의 조각들이 구식 슬라이드 쇼처럼 마음의 눈 앞을 지나간다. 신생아 시절의 나탈리. 빨갛고, 미끌미끌하고, 소리를 지른다. 첫걸음마를 떼는 나탈리. 팔을 쭉 뻗은 채 불안정하게 흔들리는 다리로 미나에게 다가온다.

니클라스의 품에 안긴 둘의 아이. 불쾌해 보이는, 그녀를 비난하는 그의 시선. 다음 장면. 그녀가 아무것도 모르는 나탈리를 알록달록한 목마와 함께 남겨 둔 날. 나탈리는 엄마가 이제 영원히 떠나는 줄도 모르고 즐겁게 손을 흔든다.

미나는 얼른 다음으로 넘어간다. 장면들이 너무 고통스럽다. 나탈리는 이제 청소년이다. 이루 말할 수 없이 아름답다. 집 소파에 앉아 있다. 부엌에 있다. 둘이 함께 과자 집을 만든다. 엠앤엠즈 초콜릿을 붙인 삐뚜름한 지붕 가장자리를 아이싱으로 장식한다. 나탈리의 미소와 눈길. 아주 짧은 순간 빈센트도 눈앞에 보인다. 그녀의 집에 있는 빈센트. 빈센트와 나탈리.

미나는 깊게 호흡하려 애쓴다. 메스꺼운 딱정벌레들이 그녀의 허벅지에서, 등에서, 배에서 기어다닌다. 귀에 박은 물티슈 너머로 벌레들이 버스럭거리는 소리가 들린다. 벌레가 귀로 들어오려고 한다. 사방에서 보호막을 뚫고 침입하려고 한다.

포기하면 안 된다. 죽음에 굴복하면 안 된다. 더 많은 장면, 영원히 머릿속에 담아 둘 수 있는 나탈리와의 추억이 더 많이 필요하다. 나탈리와 빈센트에 관한 추억이. 미나는 호흡에 집중한다. 빈센트에게서 배운 방법대로 한다. 들숨. 날숨.

미나는 토르가 어디에 있는지 모른다.

그녀는 산 채로 묻혔다.

살아 있는 누에고치에 묻혔다.

하지만 이건 누에고치다.

누에고치는 보호해 준다.

불현듯 뭔가 떠오른다. 미나의 손에 아직 권총이 들려 있다. 그녀는 토르가 내는 소음 방향으로 권총을 겨누려 한다. 하지만 그가 움직임을 멈췄는지 아무 소리도 들리지 않는다. 전기톱도 꺼졌다.

"정말 여기 있는 줄 알았는데."

토르가 당황한 목소리로 말한다.

"이상하네."

그의 목소리는 둔탁하고, 마치 멀리서 들려오는 듯하다. 하지만 방향은 알 수 있다.

성공해야 한다. 선택의 여지가 없다. 미나는 그의 목소리를 향해 권총을 겨누고 발사한다.

냉기가 빈센트의 뼛속까지 스며든다. 그의 옆에서 니클라스가 소리 없이 흐느낀다. 시계를 본 로케가 말한다.

"이제 시간이 됐어."

그는 눈물을 훔치고 주머니에서 뭔가를 꺼낸다. 버튼이 달린 그 검은 플라스틱 조각은 자동차 키와 비슷하지만 그것보다 조금 더 크다. 빈센트의 집 차고 문을 여닫는 리모컨과 똑같이 생겼다. 빈센트는 그 리모컨의 짝이 스포츠 가방 중 하나에 들어 있을 거라고 추측한다. 그의 몸이 긴장한다. 버튼만 누르면 회토르에트는 불기둥을 내뿜는 분화구가 될 것이다.

그때 무슨 소리를 들은 듯 로케가 갑자기 동작을 멈춘다.

빈센트의 귀에는 아무것도 들리지 않는다. 그러다 그에게도 나지막한 여성의 목소리가 들려온다. 미나인가? 아니, 다른 사람이다. 그 목소리가 왕자를 부른다.

"비비안?"

로케가 말한다.

"비비안이 왜 여기 있지? 다들 멀리 떨어져 있어야 하는데."

일어서면서 그는 권총으로 빈센트와 니클라스를 겨눈다.

"그 자리에서 꼼짝도 하지 마. 여기서 나가는 길은 하나밖에 없고, 내가 막고 있을 거야. 이건 내가 가지고 간다."

그가 리모컨을 흔든다.

"송신기는 모든 뇌관을 동시에 터트릴 수 있을 만큼 강력해. 난 엄지를 버튼 위에 올려놓고 있을 거야."

로케는 도발적인 표정으로 두 사람을 노려본다. 뒷걸음질로 문 쪽으로 걸어가면서 권총을 계속 니클라스와 빈센트에게 거누고 있다. 팔꿈치로 손잡이를 누르고 몸을 문에 기댄다. 문이 바깥으로 열린다. 어두운 공간으로 들어오는 흐릿한 터널의 빛이 무척 반갑게 느껴진다.

"왕자인가?"

왼쪽에서 목소리가 들린다. 로케는 그쪽으로 몸을 돌리며 문을 조금 더 열려고 한다. 그때 갑자기 문이 휙 열린다. 로케가 균형을 잃고 바닥으로 쓰러진다. 빈센트가 벌떡 일어나서 보니 문 뒤에서 나타나 로케의 권총을 빼앗는 커다란 손이 눈에 들어온다. 거인 욘뉘의 손이다. 빈센트는 문으로 달려간다. 로케가 문 바로 앞에 누워 있다.

"저걸 빼앗아요!"

빈센트가 로케의 다른 손에 들려 있는 리모컨을 가리킨다.

"그걸로 폭탄이 터지니까."

"무슨 폭탄?"

욘뉘가 깜짝 놀라 소리치고는 온몸으로 로케의 손목을 누른다.

로케는 고통으로 비명을 지르며 저절로 손가락을 편다. 빈센트는 발로 정확하게 조준하여 리모컨을 차 버린다.

"왜?"

로케가 신음한다.

"당신들, 왜 이러는 거야?"

빈센트는 몸을 숙여 조심스럽게 리모컨을 집어 든다. 그리고 뒷면을 열어 배터리를 꺼낸다. 리모컨은 이제 신호를 보낼 수 없다. 그는 플라스틱 조각을 다시 바닥에 놓고 발로 짓밟는다. 그는 로케가 이 물건을 주머니에서 꺼낸 이후로 자신이 숨을 쉬지 않고 있었음을 그제야 깨닫는다.

총알이 유리 벽을 관통하고, 유리가 수천 조각으로 깨진다. 눈사태처럼 쏟아지는 딱정벌레들과 함께 미나는 바닥으로 굴러 나온다. 그리고 숨을 죽인 채 마음의 준비를 한다. 하지만 폭발은 일어나지 않는다. 딱정벌레들이 총구를 막아서 얼마 안 되는 불꽃으로는 가스에 불이 붙지 않았다.

딱정벌레들이 방 전체에 퍼진다. 미나 곁에 정육점에서 쓰는 전기톱이 놓여 있다. 그리고 그 옆의 피 웅덩이에 토르가 누워 있다. 딱정벌레의 파도가 그의 몸을 이미 절반쯤 덮었다. 딱정벌레들이 탐욕스럽게 그의 주위를 기어다닌다. 토르는 가슴을 움켜쥐고 나지막하게 그르렁거리는 소리를 낸다.

*

"욘뉘, 권총 이리 줘."

빈센트의 기억으로는 셸레라는 이름을 가진 남자가 욘뉘에게 말했다.

남자가 손을 내밀자 욘뉘가 활짝 웃으며 권총을 건넸다. 그런 다음 남자가 로케를 일으켰다. 빈센트는 니클라스가 있는 기계실 안으로 다시 들어가서 그의 팔짱을 끼고 부축해 천천히 터널로 나왔다.

로케가 비비안을 빤히 노려봤다.

"왜 이러는 거죠? 난 당신들 중 한 명인데."

"네 아버지를 사랑해서 그랬어."

중년 여성이 그에게 한 걸음 더 가까이 다가왔다.

"네가 아버지에 대해 다 아는 건 아니야. 하기야 모든 걸 다 알기는 힘들지. 네 아버지는 폭력을 그 무엇보다 싫어했어. 네가 한 일을 그가 안다면 정말 절망했을 거야."

"어떻게 알았어요?"

풀이 죽은 로케가 물었다.

빈센트는 그에게서 불현듯 어린 소년을 봤다. 여기 지하 어둠 속에 살던 아이였다.

"미안해."

언제나 팔메 암살 이야기만 하는 남자, OP가 말했다.

"당신이 그랬다고?"

로케가 되물었다. 빈센트는 그의 목소리에서 그가 상처 받았음을 알아챘다.

"적어도 당신은 나를 이해할 거라고 생각했어요. 이 세상이 어떤 곳인지 꿰뚫어 보는 유일한 사람이니까. 그래서 당신한 테만 내 계획을 털어놓은 거라고요."

"내가 항상 말도 안 되는 소리를 한다는 거, 나도 잘 알아. 하지만 내가 늘어놓는 헛소리는 네가 나에게 했던 정신 나간 말과는 비교도 되지 않아. 넌 세 사람을 살해했고, 폭발물로 우리 모두를 죽이려고 했어! 네 사촌을 위해서 말이지. 그래 서 비비안에게 말했어. 어이, 넌 우리 왕의 아들이야. 우리 왕 자라고. 난 네가 그런 짓을 하게 그냥 내버려 둘 수 없었어."

"새로 생긴 무덤들을 봤을 때 이미 우리는 네가 그 일을 벌 였다고 짐작했었단다."

비비안이 말했다.

"그래서 입을 다물었던 거야. 하지만 이렇게 끔찍한 일일 거라고는 예상하지 못했어."

로케의 아랫입술이 떨리기 시작했다. 빈센트는 그의 내면 이 부서졌음을 깨달았다.

처음에는 아마 모든 것이 명확했을 것이다. 자기 자신과 타인의 삶은 모두 가치가 있다. 그걸로 끝. 그 가치를 인정하지 않는 사람에게는 교훈을 주어야 한다. 자신이 뭘 내던지려고 하는지 그들이 깨달을 수 있게. 아주 간단한 일이었다.

그러나 어느 순간 토르는 자신의 목적을 위해 로케를 악용하기 시작했다. 그리고 로케 자신이 그렇게나 혐오하던 존재로 그를 바꾸어 버렸다. 삶의 가치를 모르는 사람으로. 수천 명의 목숨을 희생시킬 수 있는 사람으로. 빈센트는 로케가 바로 지금 그 사실을 깨달았으리라고 짐작했다.

"왕자야."

비비안이 따뜻하게 말했다.

"그 사람이 너를 그릇된 방향으로 인도한 거야. 하지만 너에게는 우리가 있어. 네 아버지가……."

비비안이 말을 마치기도 전에 로케의 목구멍에서 비명이 쏟아졌다. 그는 달을 보고 헛되이 울부짖는 늑대처럼 천장을 향해 고개를 젖혔다. 상처 받은 아이의 비명은 점점 더 커졌다. 그 소리는 벽에 부딪혀 메아리를 만들었고, 한 목소리의 합창이 되어 울려 퍼졌다. 그가 점점 더 새된 비명을 내지르자 욘뉘가 귀를 막았다. 그러다 갑자기 고요해지더니, 로케가 달리기 시작했다.

*

그들을 떠나면 절대 안 되는 거였다. 보이는 사람들도 지하 어둠 속에 사는 사람들처럼 똑같이 보이지 않았다. 오히려 더 보이지 않기도 했다. 게다가 그는 스스로를 속였다. 진정한 가족이 너무나 그리워서 스스로를 속였다. 자신에게 필요한 유일한 가족이 지하에 있는데도.

그들을 떠나서는 절대 안 되는 거였다.

왕자는 빠른 속도로 목표를 향해 달려갔다. 그들은 그를 찾기 위해 지원을 요청했을 것이다. 하지만 지금 그는 주위를 두리번거릴 필요가 없었다. 그들은 중요한 인물인 법무부 장관을 구하는 데 온 힘을 쏟을 테고, 왕자는 이곳 지하에서 눈을 감고도 길을 찾을 수 있으니까.

그는 우리 둘은 형제라고 말하는 토르를 믿었다. 품은 뜻이 같고, 핏줄에 똑같은 피와 강력한 유산이 흐르는 형제. 하랄드 할아버지를 향한 토르의 무조건적인 애정이 그에게는 낯설었지만, 다른 한편으로는 그 뒤에 숨은 욕구를 이해할 수 있었다. 루네는 비에른과 달리 사랑이 넘치는 아버지가 아니었다. 토르는 담배 냄새와 가죽 냄새가 나는 품에 안기는 게 어떤 느낌인지 알지 못했다.

그에게는 왕이었던 아버지가 없었다.

토르는 지하실에 자주 갇혔고, 로케와는 다른 종류의 어둠을 경험했다. 차갑고 외로운 그 어둠 속에서 그의 옆에 있어

준 것은 하랄드 할아버지의 트로피들뿐이었다. 이 트로피들은 전우애와 영웅담, 멸망으로부터 사회를 구해야 한다는 할아버지의 이야기와 이어져 있었다.

그리고 토르는 로케를 이해했다. 로케가 그 넓고 큰 집에 들어간 후 끝도 없이 이야기를 쏟아 낼 때 토르는 귀를 기울였다. 기나긴 밤, 먹을 것을 찾아 터널을 들쑤시던 쥐 부스테르처럼 외로움이 로케의 심장을 긁어 댈 때 토르는 그의 이야기를 들었다. 엄마가 수면에 어떻게 떨어졌는지, 마지막 순간에 아무도 엄마 옆에 없었다는 이야기를 할 때도. 토르는 또한 열차가 아빠의 몸에 부딪칠 때 얼마나 둔탁한 소리가 났는지, 굴러떨어진 왕관이 망가진 데 없이 먼지 속에 그대로 있었다는 이야기를 할 때도 귀를 기울였다.

보이지 않는 사람들이 아빠의 뼈를 긁고 자그마한 무덤에 묻어서 품위 있는 장례, 왕실의 장례를 치러 주었다고 말할 때도 토르는 들어 주었다.

그의 작은 몸 안에는 너무 많은 분노가 쌓여 있었고, 깜깜한 밤에 그가 분노를 쏟아 낼 때면 토르는 등을 쓰다듬어 주었다. 아빠는 삶이 가장 소중한 선물이라고 늘 말했었는데.

로케는 로드만스가탄 역에 도착하고도 계속 선로를 달렸다. 승강장에 있던 사람들이 그를 가리키며 당장 선로에서 나오라고 고함을 쳤지만 그는 그들에게 신경 쓰지 않았다. 얼마

지나지 않아 승강장 다른 쪽 끝의 터널에 도착했다. 드디어 어둠이 그를 에워쌌다.

다음은 아빠가 가장 좋아하던 오덴플란 역이었다.

토르의 제안은 해결책이었다. 출구이자 갇혀 있던 모든 것을 해방할 열쇠. 사람들에게 자신들이 얼마나 잘 살고 있는지 깨달을 수 있게 교훈을 줄 기회였다. 다리에서 뛰어내리려고 했던 사람들은 보이지 않는 사람이었고, 그와 토르는 그들을 보이는 사람으로 만들어 주었다.

하지만 이 모든 것이 거짓이었다. 로케는 빈센트의 말이 진실임을 느꼈다. 오랜 시간이 지난 후에야 그는 자신이 그저 장난감이었음을 깨달았다. 어떤 놀이를 하고 있는 건지도 모르는 장난감. 토르에게 중요한 것은 삶이 아니었다. 타인을 해치고서라도 손에 넣어야 하는 권력이었다.

아마 처음에는 그게 다였을 것이다. 하지만 내면의 어둠이 커 갈수록 토르는 점차 더 큰 목표를 세웠다. 그는 열심히 할아버지를 모방했다. 할아버지의 세계 질서를 구축하기 위해선 아주 많은 사람이 죽어야 한다는 사실에는 관심이 없었다. 토르는 제 손으로 통치하기를 원했다. 왕이 되려고 했다. 하지만 그는 절대 왕이 될 수 없었다. 왕은 로케처럼 타인을 사랑해야 한다.

그의 이름은 원래 로케가 아니었다. 그건 토르가 부르는 이름이다.

그는 마티아스였다.

그리고 왕자였다.

토르는 그를 속였다. 토르는 틀렸다. 아빠가 옳았다.

발밑에서 자갈이 흔들렸다. 그는 달리는 속도를 늦추었다. 목소리가 들렸지만, 터널의 메아리가 착각을 일으킬 뿐 사실은 멀리 있다는 걸 알고 있었다. 전등불이 반짝이다가 꺼졌다. 그림자들이 벽을 스쳐 지나갔다. 오덴플란에 가까워질수록 발밑의 진동은 더 커졌다.

그는 눈을 감았다. 눈앞에 그들이 보였다. 엄마와 아빠. 드디어. 두 사람은 비닐 식탁보와 짝이 맞지 않는 의자들이 놓인 부엌에서 춤을 추었다. 그를 바라보며 춤을 추고 웃었다. 부모님이 너무나 그리웠다. 두 사람은 자신만의 태양을 가진 것처럼 반짝거렸다. 그들은 이제 투명하지 않았다.

그들이 로케에게 손짓했다. 왕관을 쓴 아빠는 잘 지낼 때의 모습이었다. 왕으로서 온 세상을 안아 주던 때와 똑같았다.

아, 그는 아빠가 정말 그리웠다. 왕자는 흔들리는 바닥에서 가벼운 발걸음으로 그들을 향해 달려갔다.

그가 눈을 떴을 때 두 개의 불빛이 보였다. 또렷하고 환한 불빛. 팡파르 소리가 그의 도착을 알렸다.

집이었다.

*

미나는 승강장 벤치에 빈센트와 나란히 앉아 있었다. 그녀
는 병원에 가라는 율리아의 잔소리를 무시했다. 그 대신 얼른
옷만 갈아입고 바로 여기로 왔다. 현장에서 의료진이 니클라
스와 빈센트 모두 부상이 없음을 확인한 후에 안정제를 주었
다. 니클라스는 고마워하며 약을 삼켰지만 빈센트는 거절했
다. 그는 사시나무처럼 떨고 있었다.

"미안해요."

빈센트가 입을 열었다.

"아드레날린 수치가 올라갔어요. 코르티솔도 다량 분비됐
고. 그래서 이렇게 몸이 떨리고 심장 박동이 빠른 거예요."

미나는 그의 가슴에 손을 얹었다. 그의 말이 옳았다. 심장
이 고동치고 있었다. 하지만 그녀의 심장 역시 그렇게 빨리
뛰는 중이었다.

빈센트는 자기 손을 조심스럽게 그녀의 손 위에 얹고 꼭 쥐
었다.

"금방 나아질 거예요."

그가 말했다.

"내가 메시지의 의미를 이렇게 잘못 파악하다니, 도무지 이
해가 안 돼요. 어떻게 그렇게 멍청했을까? 난 원래……."

그가 입을 다물었다. 사람이 없는 지하철역은 유령의 집 같은 분위기였다. 10분 후에는 다시 열차가 다니겠지만 그 전까지는 두 사람이 역을 독차지한 셈이었다. 미나는 지상에 화난 사람들이 잔뜩 몰려 있을 거라고 생각했다. 그들은 지하철을 타지 못하게 해서 짜증이 났을 테지만, 자신들이 방금 죽을 뻔했다는 건 모를 것이다.

"그림자는 이 모든 일을 어떻게 생각할지 궁금하네요."

빈센트가 말했다.

"드디어 만족할까요?"

"무슨 뜻이에요?"

빈센트가 바짓단을 걷어 올렸다. 발목에 검은 벨크로 밴드가 묶여 있었다.

"GPS 송신기와 마이크를 차고 있었어요. 그림자가 나와 계속 동행한 거죠. 그는 모든 걸 함께 들었어요. 오늘이 내가 속죄할 수 있는 마지막 기회래요. 잘못하면 우리 가족을 다시는 못 볼지도 몰라요."

"도시의 절반을 구한 걸로 충분했으면 좋겠는데."

미나가 그의 팔짱을 꼈다.

"이제 가요. 사람들이 몰려들어서 위대한 멘탈리스트가 왜 이렇게 떨고 있는지 의아해하기 전에."

둘은 함께 에스컬레이터로 향했다.

"그림자를 언제 어디서 만날 거예요?"

미나는 에스컬레이터 옆에 있는 경찰관에게 고개를 끄덕여 인사했다.

"내가 이 도시의 모든 경찰이 그 현장으로 가도록 조치할게요. 당신이 가족을 만나자마자 그를 체포해 버리죠. 그리고 교도소에서 오랫동안 썩을 수 있게 신경 좀 써 주고요."

"고마워요."

빈센트가 대답했다.

"하지만 그게 소용없다는 걸 우리 둘 다 알잖아요. 그림자가 나에게 연락할 때까지 기다려야 해요. 그리고 내가 아는데, 그는 경찰에게 잡히지 않도록 최대한 조심할 거예요."

미나는 고개를 끄덕였다. 아무것도 하지 못한다는 게 끔찍했지만 그의 말이 옳았다. 그의 가족을 위험하게 할 만한 일은 그 무엇도 하지 말아야 했다. 그녀는 지금 빈센트가 무슨 일을 겪고 있는 건지 상상조차 하기 힘들었다.

바깥으로 나오니 구름이 걷히고 햇빛이 둘의 얼굴을 따뜻하게 비췄다. 평소에는 눈이 얼마나 오든 바로 질척하게 변하는 이곳 회토르예트가 지금은 하얀 눈에 덮인 채 햇살에 눈부시게 반짝이고 있었다. 사람들이 사방에서 이야기를 나누고, 웃고, 온기를 즐기는 모습이 미나의 눈에 들어왔다. 시장 노점에서는 늘 그렇듯이 상인들이 목소리를 높여 손님을 불렀다. 지나가다가 눈이 마주친 사람이 미나에게 환한 미소를 보냈다. 방금 죽음에서 막 도망쳤다는 사실을 안다는 듯, 광장 전체가 삶과 움직임으로 고동쳤다.

"이제 어디로 가야 하죠?"

빈센트가 물었다.

"오스타의 우리 집으로 가요."

미나가 대답했다.

"내가 그림자를 교도소에 보내지는 못하지만, 당신이 지금 혼자 있게 두진 않을 거예요. 어차피 나탈리는 오늘 저녁에 니클라스와 함께 있을 거예요. 아빠가 다시 돌아와서 너무나 행복한 나머지, 잠시도 그 옆을 떠나려 하지 않더라고요. 당신을 튀레쇠의 텅 빈 집으로 보낼 수도 없고요. 그림자가 연락해 올 때까지 내가 당신과 함께 기다릴게요. 그때까지 우리 집에 있어도 돼요."

*

하뤼는 아직 율리아의 엄마 집에 있었다. 엄마는 흔쾌히 아이를 돌봐 주겠다고 했다. 율리아는 오늘 저녁에 베이비시터가 필요한 이유를 엄마에게 설명하지 않았다. 그저 아침에 너무 엉망이었다는 말만 중얼거렸다. 정말로 그랬으니까. 하지만 그 말을 할 때 머릿속에 있던 생각은 지하철 터널의 대혼란이 아니었다. 엉망인 것은 그녀의 삶과 결혼 생활이었다. 지금 그 둘은 거의 같은 것이긴 하지만.

토르켈은 틀림없이 그사이에 퇴근해서 집에 있을 것이다. 율리아는 그가 어떤 반응을 보일지 몰라서 미리 말하지 않았다. 오늘 베이비시터가 필요한 이유는 두 사람이 몇 주 동안이나 피하기만 했던 문제를 이제는 꺼내야 하기 때문이었다. 둘은 함께 앉아 대화를 나눠야 했다. 미래에 대해, 두 사람의 관계에 대해, 하뤼에 대해.

진입로에 주차한 다음, 율리아는 운전석에 잠시 그대로 앉아 있었다. 미리 준비를 했더라면 더 간단했을 것이다. 그러나 토르켈과 드디어 대화를 나누기로 마음먹었다고 해서, 그 것이 꼭 머릿속에 완성된 계획이 있다는 뜻은 아니었다. 그녀의 감성과 이성이 서로 대립하고 있는 것 같았다.

하뤼의 작은 빨간색 썰매가 벽에 기대어 있었다. 이 소소한 풍경에 그녀는 가슴이 미어졌다.

이 아이를 얻기까지 긴 싸움을 치러야 했다. 두 사람은 언제나 하나로 뭉쳤다. 이 작고 빨간 썰매가 벽에 기대 있을 수 있게 하려고 함께 싸울 땐 큰 사랑이 두 사람을 묶어 주었다. 그러나 그럼에도 실패했다. 언젠가는 두 사람 사이에서 실패한 게 뭐였는지 파헤치고 분석할 것이다. 관계를 해부하고 그게 언제, 왜 잘못됐는지 정확하게 살펴볼 것이다. 하지만 지금은 아니다. 어쩌면 뭐가 잘못됐는지 정확하게 안다는 것조차 아무 의미도 없는 건 아닐까? 실패했다는 사실을 확인하는 것만으로도 가끔은 충분하지 않나? 그러면 실패에서 얻는 교훈은 없는 걸까?

으아아악. 율리아는 이마로 핸들을 쳤다. 그런 다음 심호흡을 하고 차에서 내렸다.

막 내린 눈가루가 현관문 앞에 쌓여 있었다. 손길이 닿지 않은 하얀 눈이었다. 발자국이 찍혀 있지 않았다. 타이어 자국도 없었지만, 그게 토르켈이 집에 아직 오지 않았다는 뜻은 아니었다. 둘이 싸운 이유에는 남에게 계속 차를 빌려주는 그의 불쾌한 습관도 있었다.

현관문을 열고 다시 한번 심호흡을 한 다음, 신발에 묻은 눈을 도어 매트에 닦고 재킷을 벗어 걸었다. 크리스마스트리의 스트링 라이트와 부엌 유리창 앞의 LED 촛대 빼고는 집 안은 어두웠다.

"있어?"

조용했다.

율리아는 이마를 찌푸렸다. 토르켈이 이미 한참 전에 집에 왔을 시간이었다. 그녀는 일단 거실로, 그다음엔 침실로 가봤지만 토르켈은 어디에도 없었다. 집을 돌아다니면서 사방에 전등을 켜고, 그가 도대체 어디 있을까 생각했다. 좀 우스꽝스러운 생각이긴 했다. 잠깐 슈퍼에 갔을 수도 있으니까. 하지만 왠지 그게 아니라는 예감이 들었다. 집 분위기가 달랐다.

부엌에 가서 천장 조명을 켜자 두툼한 흰색 초에 기대 있는 편지 한 통이 눈에 들어왔다. 갑자기 율리아의 심장이 목까지 올라와서 뛰었다. 순간 몸을 돌려 다시 신발을 신고 재킷을 걸치고 차에 올라타서 어디로든 가고 싶었다. 편지를 읽지 않을 수만 있다면 어디든 상관없었다. 물론 안 될 말이었다. 편지는 거기에 있었다. 생각만으로 편지를 없앨 수는 없었다.

율리아는 식탁 의자에 주저앉았다. 식탁과 의자는 토르켈의 할머니에게서 물려받았다. 어느 해 여름의 절반을 둘은 가구를 갈아 광택을 내면서 시간을 보냈다. 그때 두 사람은 그 결과물에 얼마나 자랑스러워했던가.

그녀는 천천히 편지 봉투를 뜯었다. 편지지를 꺼내 떨리는 손으로 펼쳐서 한 글자 한 글자 읽었다. 한평생이 거기 있었다.

끝이다.

편지를 다 읽고, 그녀는 잠시 그대로 앉아 있었다. 시선이 허공을 떠돌았다. 그런 다음 라이터를 들고 흰색 초에 불을 붙인 후 촛불에 편지를 가져다 댔다. 불꽃이 하얀 종이에 쓰인 검은 글자를 서서히 집어삼켰다.

식탁에 떨어지는 재를 그대로 내버려 두었다. 탈 것이 더는 남지 않았을 때 율리아는 자리에서 일어났다.

아직 마르지 않은 재킷을 입고 바깥으로 나가, 작은 빨간색 썰매를 차 트렁크에 실었다. 하뤼를 데려와야겠다. 둘이 썰매 타러 가야지. 다른 건 뭐든 나중 일이다.

*

빈센트는 누군가가 어깨를 흔드는 바람에 잠이 깼다. 그는 옆으로 누워 팔로 미나를 감싸고 있었다. 둘은 목욕 가운을 입은 채 잠이 들었었다. 미나의 가운을 빌려 입었는데, 그래도 그의 무릎까지는 왔다.

집에 도착한 후 미나는 족히 한 시간은 샤워를 했다. 그리고 김이 나는 욕실에서 나와 머리카락을 잘랐다. 2년 반 전보다 조금 더 짧아졌다. 빈센트는 미나가 울음을 그칠 때까지 품에 안고 있었다. 두 사람 다 그들이 겪은 일에 대해 말하려 하지 않았다.

그림자는 저녁 내내 연락이 없었다.

밤에 자다가 목욕 가운을 벗은 모양이었다. 미나는 러닝셔츠와 팬티만 입고 있었고, 그도 트렁크 팬티 차림이었다. 미나의 등은 따뜻했다. 보드라운 목덜미는 그의 얼굴에서 겨우 10센티미터 앞에 있었다. 그는 남은 인생 내내 이렇게 누워 있고 싶었다.

하지만 어깨를 흔드는 손이 멈추지 않았다. 그는 나탈리일 거라 생각하며 고개를 돌렸다.

그에게 몸을 숙이고 있는 사람은 그림자였다. 빈센트는 놀라서 몸을 움찔했다. 그의 팔에 힘이 들어가자 미나가 나지막하게 한숨을 내쉬었다. 그림자가 손가락을 입술에 대더니 부엌 쪽을 가리켰다.

빈센트는 조심스럽게 미나에게서 팔을 떼고 일어났다. 그림자를 따라 침실에서 나가면서 바닥에 있는 셔츠를 주워 입었다. 조용히 문을 닫기 전에 마지막으로 미나를 바라봤다. 문을 활짝 열어 놓고 한순간도 눈을 떼지 않고 싶었지만, 한편으로는 자고 있는 그녀를 깨우고 싶지 않았다.

그림자는 부엌 식탁 앞에 앉아서 빈센트에게 맞은편에 앉으라고 손짓했다.

"브라보."

그가 소리 없이 박수 치는 시늉을 하며 말했다.

"당신에게 이런 능력이 있다는 걸 난 진작부터 알고 있었지."

"이제 만족해?"

빈센트가 물었다.

"우리가 도시의 절반을 구한 걸로 충분한가? 그 정도의 인명이면 됐어?"

"아이고, 빈센트."

그림자가 고개를 저었다.

"당신들이 지하 터널에서 뭘 했든 나는 관심이 없어. 하지만 빈센트, 여기 이거. 이거 말이야!"

그림자가 집 안을 가리켰다.

"무슨 뜻이지?"

"알잖아. 이…… 사람, 당신이 만든 마스터 멘탈리스트라는 사람은 그저 심리적 방패에 불과하다는 거. 당신이 계속 뭔가를 세고 모든 것을 분석하는 이유가 뭐라고 생각해?"

"엄마도 항상 세었어. 나중에 생각해 보니 일종의 자폐였던 것 같아."

그림자가 진지한 표정으로 고개를 끄덕였다.

"그래, 자폐 스펙트럼 장애는 유전돼."

그가 말했다.

"이 점에 있어서는 물려받은 것도 좀 있지. 하지만 당신이 계속 계산하고, 분석하고, 빈센트 발데르일 때 언제나 이성적인 생각에만 의존하는 건 감정과 마주하는 걸 피하기 위해서야. 당신은 이미 오래전부터 감정을 생각하지 않았어. 당신의 감정적 자아는 죽은 엄마가 있던 상자를 벗어나지 않았지. 아무것도 정리하지 않았다고. 그러고는 빈센트 보만을 벗어던지고 빈센트 발데르 역할을 하기로 결정한 거야. 멘탈리스트는 모든 것을 통제하지. 당신은 그의 뒤에, 당신의 가족 뒤에 숨었어."

빈센트는 완전히 닫히지 않은 침실 문 쪽을 건너다봤다. 문 틈으로 미나의 모습이 보이자 마음이 가라앉았다.

"내 가족은 어디에 있지?"

빈센트가 물었다.

"더는 가족 뒤에 숨을 수 없게 됐을 때, 당신은 비로소 자신이 어떤 사람이 될 수 있었는지 경험한 거야."

그림자는 마치 그의 질문을 못 들었다는 듯이 말을 이어 갔다.

"이제 당신은 이해했고 또 느꼈어. 그래, 빈센트 보만으로 남아 있었더라면 당신이 뭘 소유할 수 있었는지 드디어 '느꼈다'고."

빈센트의 눈에서 눈물이 흘렀다.

"나는 그때 아직 어린아이였어."

그가 나지막하게 말했다.

"선택의 여지가 없었다고. 느끼지 않으려고 한 건 오로지 자기방어였어."

"결국은 그게 당신의 정체성이 됐지."

그림자가 말했다.

"하지만 이제 빈센트 발데르는 존재하지 않아. 내가 빈센트 발데르는 멸망할 거라고 편지에 썼잖아. 그는 더 이상 필요 없어. 빈센트, 이제 당신은 모든 것을 느낄 수 있어."

일곱 살 때부터 쌓여 있던 감정이 일순간에 댐이 무너지듯 터져 나왔다. 미처 예상치 못한 감정이었다. 그 감정은 엄마와 이어져 있었다. 그리고 예인과도, 그 자신과도.

미나와 이어진 감정도 있었다.

그녀에 대한 감정은 아주 많았다.

큰 감정, 작은 감정. 그가 아는 감정, 이름을 모르는 감정도 있었다. 감정이 너무나 격렬하게 쏟아져 나와서 그는 거기 잠겨 익사할까 봐 두려웠다. 이 상태가 얼마나 지속될지 알 수 없었다.

몇 초 정도일까.

영원히 이어질까.

아주 강렬한 감정들이 그대로 계속 흘러갔다. 해일은 가라앉았지만 수면 아래에서는 여전히 파도가 일렁였다. 이 가벼운 흔들림이 언젠가 멈출 거라는 생각은 들지 않았다. 다른 사람들도 이럴까? 다들 이런 상태로 살아갈까? 그에게 이것은 세상에 존재하는 아주 새로운 방식이었다. 낯설었지만 흥미롭지 않은 건 아니었다.

"느껴져?"

그림자가 물었다.

"지성이라는 방패 없이, 생각하는 것만큼이나 많이 느낀다는 게 어떤 건지 느껴져?"

"응."

빈센트가 나른한 목소리로 대답했다.

"그런데 너무 많은 것 같아."

"당신이 거기 익숙하지 않아서 그래. 인간적인 세상에 온 걸 환영해. 이제 계단이나 생수병 따위를 세지도 않고, 비이성적이며 감정에 따르고 모순적이지만 가끔은 사랑스러운 존재가 될 거야. 빈센트 보만으로 남을 용기를 냈더라면, 감정을 느낄 용기를 냈더라면 당신은 미나와 이곳에서 이런 생활을 내내 누릴 수 있었어."

빈센트가 고개를 끄덕였고, 또 눈물이 흘렀다.

"그러고 싶어."

그가 나지막하게 말했다.

"마음이 아프고 두렵지만, 난 여기 이런 삶을 원해."

"좋아."

그림자가 더 가까이 다가왔다.

"아직 남은 게 있어."

미소가 사라지고, 그의 눈길이 어두워졌다.

"벌을 받기 전에, 당신이 뭘 포기했는지 알아야 해."

"벌이라고?"

빈센트의 눈이 휘둥그레졌다.

"당연하지. 빈센트 발데르가 된다는 결정 때문에 당신은 엄마에 대한 추억만 잃은 게 아니야. 사람들도 죽었어. 예인과 케너트, 투바와 로베르트, 앙네스가 죽었지. 당신이 직접 죄를 저지른 건 아니지만 죄의 촉매였잖아. 그러니 처벌받지 않을 수 없어."

"그래서…… 뭘 할 건데?"

불안해진 빈센트가 물었다.

그리고 다시 미나를 건너다봤다. 아직 깊이 잠들어 있는 듯했다. 그녀를 보는 것이 고통스러웠다. 고통은 어쩌면 틀린 말인지도 모르지만 어쨌든 아팠다. 마치 산소가 부족한 방에 있는 것처럼 숨이 제대로 쉬어지지 않았다.

그림자는 몸을 뒤로 기대고 손가락 끝을 모았다.

"계속 마스터 멘탈리스트 빈센트 발데르로 사는 게 당신이 받아야 할 벌이야. 빈센트 보만으로 살면 어땠을지 알게 된 후에 말이지."

"무슨 뜻이야?"

"미나 집에 콘센트가 몇 개 있어?"

"눈에 보이는 건 여섯 개."

빈센트가 자동적으로 대답했다.

"원래는 일곱 개인데, 하나는 소파 뒤에 숨어 있어. 각층 계단실에는 두 개씩 여섯 개."

부서진 댐은 그가 말을 하는 동안 저절로 복구됐다. 그의 진실한 감정을 막아 온 댐이었다. 빈센트는 너무 늦었다는 사실을 깨달았다. 최소한 댐의 벽에 구멍이라도 하나 남겨 두려고 필사적으로 몸부림쳤지만, 평생 지속된 숫자 세기가 그 구멍마저 막아 버렸다.

그는 이제 다시 빈센트 발데르다.

유리처럼 투명한 이성을 지닌 마스터 멘탈리스트.

그는 눈을 감고, 울 수 있다면 울고 싶었다. 잠시 후 다시 눈을 떴을 때 침실 문은 완전히 닫혀 있었다. 이제 더는 미나가 보이지 않았다. 그림자 역시 나타날 때 그랬듯 조용히 사라지고 없었다.

첫날

미나가 잠에서 깼을 때 빈센트는 그곳에 없었다. 부엌이나 욕실에서 인기척이 나는지 귀를 기울였지만 집 전체가 고요했다. 그의 부재가 온몸으로 느껴졌다. 미나는 하품을 하며 침대에서 일어났다.

바닥에 옷들이 떨어져 있었다. 우리가 혹시……? 아니, 그랬더라면 그녀도 기억하고 있을 것이다. 어제 사건이 아무리 트라우마가 심했다고 해도. 미나는 빈센트가 왜 이렇게 일찍 나갔는지 이해할 수 없었다. 도대체 어디로 간 걸까? 협탁에 놓인 휴대폰을 들어 그에게 전화했다. 전화를 받지 않았다. 그렇지, 로케가 그의 휴대폰을 망가뜨렸다고 했다.

빈센트가 없다는 사실에 기분이 이상했다. 어제 그는 그가 아닌 것 같았다. 만약 그가 어리석은 짓이라도 한다면 미나는 자기 자신을 절대 용서하지 못할 거라고 생각했다.

빈센트는 자기 물건을 거의 다 가지고 간 듯했다. 벨크로가 달린 검정 고무 밴드만 바닥에 놓여 있었다. 그림자가 그에게 준 마이크였다. 미나는 그것을 들어, 빈센트 말로는 GPS 송신기가 들어 있다는 작은 상자를 열었다. 그러나 거기 든 것은 전자 장치가 아니라 레고 블록 두어 개였다. 미나는 이마를 찌푸렸다. 이게 무슨 상황이지?

그녀는 다시 휴대폰을 들어 율리아에게 전화했다.

"여보세요? 나야. 혹시 빈센트랑 연락 됐어?"

율리아가 전화를 받자마자 미나가 말했다.

"아니. 왜? 집에 없어?"

생각해 보니 율리아는 빈센트가 미나의 집에서 잤다는 걸 모른다. 앞으로 알게 될 사람도 없을 것이다. 이건 그들 둘만의 일이니까.

"연락이 안 돼서. 빈센트가 어제 충격을 많이 받았잖아. 지금 바로 튀레쇠에 가서 그가 잘 있는지 살펴보고 올게. 집이 어딘지 알아. 그런데 부탁 하나 해도 될까?"

미나가 말했다.

"뭐든 해. 며칠 휴가를 내는 것도 좋겠다. 너와 너희 가족이 겪은 일을 생각하면 말이야."

미나는 심호흡을 했다. 자기가 할 말에 율리아가 어떻게 반응할지 예상이 되지 않았다. 어쨌든 경찰에게 중요한 정보를 숨긴 거니까.

"화내지 마."

미나가 입을 뗐다.

"빈센트가 크리스마스이브에 협박 편지를 받았었어. 그의 가족이 납치됐는데, 범인은 경찰에 절대 연락하지 말라고 했대. 그래서 빈센트는 우리에게 알릴 엄두를 내지 못했지. 나도 입 다물고 있겠다고 약속해야 했어."

"뭐라고?"

율리아가 고함을 질렀다.

"어떻게 그런…… 지금 어쩌면 빈센트도 납치당했을지 모른다는 뜻이야?"

"나도 몰라. 그저께 빈센트가 곤돌렌 레스토랑에서 납치범을 만났대. 분명 두 사람이 함께 있는 모습을 본 목격자가 있을 거야. 사람을 보내서 그곳 직원에게 알아볼 수 있을까? 운이 좋으면 적어도 범인의 인상착의는 파악할 수 있을 거야."

"지금 당장 루벤에게 전화해야겠다."

"나는 빈센트 집에 도착하면 연락할게."

미나가 전화를 끊었다.

*

"그 생각을 읽는 남자 말인가요?"

곤돌렌 레스토랑에서 식탁 차림을 준비하던 종업원이 물었다.

한 시간 후면 점심 손님들이 밀려올 터였다. 루벤은 벌써부터 배가 고팠다. 하지만 그는 할머니에게 사라와 같이 가서 식사하기로 약속을 해 두었다. 식사 후에는 할머니 방에서 아주 맛있는 아몬드 쿠키를 후식으로 먹게 될 것이다.

"네, 며칠 전에 왔었지요."

종업원이 말을 이었다.

"하지만 제가 아는 한 동행한 사람은 없었어요. 바에 혼자 앉아 중얼중얼 혼잣말을 하던걸요. 솔직히 말해서 전 그 사람이 여기 또 올 줄은 생각도 못 했다니까요."

"무슨 말인가요?"

루벤이 물었다. 종업원은 그를 빤히 보다가 재미있는 일이라도 생각났다는 듯이 갑자기 웃음을 터트렸다. 그러고는 고개를 저었다.

"흠, 그가 마지막으로 여기 온 게 언제였더라? 분명히 2년은 넘었어요. 내부 수리 전이었으니까요. 그때도 저녁 내내 바에 혼자 앉아서 큰 소리로 떠들었어요. 그러더니 남자 화장실에 들어가서 다 때려 부술 듯이 소란을 피우더군요. 너무 황당한 상황이라서 우리는 그를 다시는 안 보게 될 줄 알았죠."

"그때도 혼자였습니까?"

"네, 혼자였어요."

*

미나가 그의 집에 도착했을 때 빈센트의 차는 차고 진입로에 없었다. 하지만 그 사실에 뭔가 의미가 있는 건 아니었다. 미나는 그가 현관문을 열면 뭐라고 말할지 차 안에서 미리 연습했다. 이유도 없이 걱정과 충격을 안겨 줬으니 한바탕 난리를 피울 작정이었다.

쌓인 눈을 헤치고 가서 초인종을 눌렀다. 현관문까지 가는 길에 눈을 치우지 않은 것은 그와 전혀 어울리지 않는 행동이었다. 하지만 최근 그의 머릿속에는 다른 일이 가득했으니, 그럴 만도 했다.

미나는 다시 한번 초인종을 눌렀다.

"빈센트?"

노크도 했다.

대답이 없었다.

미나가 손을 문손잡이에 올리자 문이 열렸다. 잠겨 있지 않았다. 이건 정말로 빈센트답지 않았다. 그녀는 제복을 입고 오지 않은 것을 후회했다. 제복 차림이었다면 권총을 지니고 있었을 텐데. 나탈리와 함께 발테르의 집에 들어가던 순간이 불현듯 눈앞에 떠올랐다. 지금 상황이 그때와 놀랄 만큼 비슷했다. 빈센트가 피 웅덩이에 누워 있는 모습이 눈앞에 보이는 느낌이었다.

"빈센트? 마리아? 계세요?"

아이들 이름이 뭐더라⋯⋯? 어쩌면 그림자가 약속을 지켜서 가족이 다시 집에 돌아왔는지도 모른다. 아이들 이름이 생각났다.

"레베카? 베냐민? 아스톤? 집에 있니? 나는 미나라고 해. 너희 아버지 친구야."

정적.

미나는 집으로 들어가 불을 켰다. 아마 현관에는 재킷과 신발이 산더미처럼 쌓여 있고, 썰매도 한두 개쯤 있을 거라고 예상했다. 하지만 빈센트의 것으로 보이는 가죽 구두 두 켤레만 있을 뿐 현관은 텅 비어 있었다. 이상했다. 미나의 집도 무척 깔끔하게 정리되어 있지만 그래도 현관 옷걸이에 재킷 몇 벌은 걸려 있는데, 하물며 여긴 한 가족이 사는 곳이다. 그림자가 물건들까지 가져갔을 리는 없었다.

뭔가 이상했다.

미나의 머리 뒤쪽 어딘가에서 뭐가 이상한지 알고 싶지 않다는 목소리가 들렸다. 지금이라도 그냥 뒤돌아 나가서 기이하게 휑한 이 현관을 잊어버리면 그만이었다. 하지만 그럴 수 없었다. 빈센트를 찾아야 했다.

부엌으로 향했다.

그곳에도 여기저기 널린 살림살이는 보이지 않았다.

찬장에 있는 접시 몇 개, 유리잔 두 개, 컵 두 개뿐이었다.

벽에 달력이 하나 걸려 있고, 조리대에는 커피메이커가 있었다. 식탁에 욘과 그 외 희생자들에 관련된 수사 내용이 담긴 서류철이 있었지만, 부엌에 있을 법한 잡동사니는 전혀 없었다.

부엌은 그냥 비어 있는 정도가 아니라 황폐했다.

부자연스러울 만큼 썰렁했다.

집을 여기저기 돌아다니던 미나는 소름이 돋았다. 말로 표현할 수 없을 정도로 모든 것이 낯설었다. 그러다 빈센트의 서재를 발견하고는 안도의 한숨을 쉬었다. 적어도 이곳만큼은 빈센트가 묘사했던 모습과 일치했다. 그림자에게서 온 선물들이 벽에 걸려 있고, 책장에는 다양한 수수께끼가 있었다. 미나는 이 중 대부분을 로케가 보냈을 거라고 추측했다.

"빈센트?"

그녀가 복도에 대고 외쳤다.

"집에 있어요?"

미나는 그를 잘 알았다. 그러나 이 집에 사는 사람은 완벽하게 낯설었다. 불쑥 빈센트가 욘 랑세트에 대해 했던 말이 그녀의 머릿속을 스쳤다.

"나중에 돌이켜 보면 행동 변화의 원인을 안다고 짐작하기 쉬워져요. 무슨 일이 벌어졌는지 알고 나면 이미 일어난 일에 대한 기억도 달라지죠."

미나는 빠르게 움직였다. 이 집에 잠시도 더 있고 싶지 않았지만, 빈센트가 이곳에 없다는 것은 확인해야 했다.

오른쪽에 있는 문 하나를 열었다. 아이들 방 가운데 하나인 것 같았다. 그녀는 숨을 꿀꺽 삼켰다. 이곳도 현관과 부엌처럼 텅 비어 있었다. 아예 사람이 산 흔적이 없었다. 아무것도 없었다. 장난감도, 책장도, 하다못해 침대도 없었다. 벽은 칠이 다 벗겨져 있고 바닥은 잿빛이었다. 미나는 창틀을 쓸었다. 두툼한 먼지층이 손바닥을 회색으로 물들였다.

온몸이 간질거리기 시작했다.

"빈센트."

그녀가 속삭였다.

"당신, 뭘 한 거야?"

방문 두 개가 열려 있는데 그 안에는 아무것도 없었다. 빈센트는 아내와 함께 세 자녀를 키우며 살았다. 사방에 물건들이 널려 있어야 했다. 옷, 가방, 장바구니, 장식품, 책, 빵 부스러기, 지저분한 빨래, 아스톤의 장난감. 일상생활의 잡동사니. 그러나 무엇도 보이지 않았다. 정말 아무것도 없었다.

상상하기는 힘들지만 어쩌면 빈센트가 자기보다 더 깔끔할지도 모른다고 생각하며 미나는 다급하게 옷장과 서랍장을 열었다. 하지만 옷장 선반과 서랍 안은 모두 비어 있었다.

아니, 이 집이 빈센트의 집일 리가 없다. 미나가 마지막으로 여기 찾아왔던 것은 2년도 더 전이었고 그땐 여름이었다.

그러니 그녀가 착각한 것이 틀림없다. 여긴 빈센트의 이웃집일 것이다. 분명하다. 그럼, 그렇고말고.

하지만 미나는 우편함에 적혀 있던 발데르라는 이름을 이미 보았다. 그건 확실했다.

이 집이 맞았다.

그러나 다른 모든 것은 틀렸다.

미나는 거실로 들어서다가 불쑥 걸음을 멈췄다. 어지러웠다. 숨을 너무 급하게 쉬고 뇌에 산소를 한꺼번에 많이 보내서 그런 듯했지만 달리 어쩔 수 없었다. 그녀의 이성은 그녀가 쇼크 상태임을 알렸다. 그러나 그걸 알았다고 해도 자유낙하 중인 감정에 달라지는 점은 없었다. 넘어지지 않으려고 소파에 몸을 기댔다. 거실에는 소파와 텔레비전 외에 물고기가 가득한 어항도 있었다. 그러나 그보다는 다른 뭔가가 그녀의 관심을 세차게 잡아당겼다. 벽 전체를 덮고 있는, 높이가 1미터는 넘을 글자들이었다.

UMBRA

"빈센트."

미나의 입에서 나온 소리인지, 아니면 그저 마음속에서 부른 소리인지 알 수 없었다. 그저 눈물이 순식간에 차오르는 것만 느껴졌다.

"아, 안 돼."

갑자기 휴대폰이 소리를 냈다. 미나는 움찔 놀랐다. 화면을 들여다보기 전에 눈물을 연거푸 닦아 냈다. 린셰핑의 국과수에서 보낸 문자 메시지였다.

편지를 조사해 봤습니다.

빈센트가 크리스마스이브에 그림자에게서 받은 협박 편지를 국과수에 보냈었는데, 그걸 까마득히 잊고 있었다.

편지에는 빈센트 발데르의 지문밖에 없습니다. 만약 다른 사람이 편지를 썼다면 틀림없이 장갑을 꼈을 겁니다. 그게 아니라면 그가 직접 편지를 쓴 거겠죠.

진실이 엄청난 무게로 충격을 가했다. 미나는 발밑이 꺼지는 느낌이었다. 이 집이 텅 빈 이유는 하나뿐이었다.

이곳은 언제나 비어 있었기 때문에.

이곳에 가족은 없다.

"왜 말하지 않았어요?"

미나는 흐느끼며 비틀비틀 벽으로 걸어가, 이렇게 하면 빈센트를 만질 수 있다는 듯이 글자에 손을 얹었다.

"내가 당신을 도울 수 있었을 텐데. 당신도 알고 있었잖아. 늘 혼자 있을 필요 없었다고. 빈센트, 도대체 왜?"

그러다가 미나는 그가 자기에게 설명하려고 했었다는 사실을 깨달았다. 그것도 여러 번이나. 그녀가 귀를 기울이지 않았을 뿐이다. 어쩌면 그가 하는 말을 전혀 이해하려고 하지 않았는지도 모른다. 미나의 휴대폰이 조용히 손에서 미끄러졌다. 빈센트가 했던 말이 그녀의 머릿속을 집어삼켰다.

예전에는 다중 인격 장애라고 불렸죠. 인격의 일부가 분리되는 건데, 흔하지는 않아요. 이 병을 앓는 사람들은 자기가 누구인지 모를 때가 많고, 자기 행동을 통제할 수 없다고 느껴요. 하지만 그 영화는 해리성 인격 장애의 기저에 대체로 어린 시절의 심각한 트라우마가 있다는 사실을 놓치고 있어요.

그는 여기서 홀로 살아왔다. 그의 트라우마와 함께.

미나는 온 힘을 다해 비명을 지르며 귀를 막았다. 그러나 머릿속에서 그의 목소리가 계속 말을 이어 갔다.

뇌는 우리의 가장 큰 적인 동시에 가장 좋은 친구죠. 우리를 보호하기 위해 놀라운 일들을 생각해 내요. 아까 말한 것처럼 메피스토펠레스는 어쩌면 파우스트의 인격 중 분열된 일부인지도 몰라요. 우리의 가장 큰 적은 이따금 우리 자신이에요.

미나는 벽의 글자들을 다시 바라봤다. 눈물이 미친 듯이 흘렀다.

가끔 내가 일종의 신경 쇠약이 아닐까, 그래서 이 모든 일을 그저 상상으로 꾸며 낸 게 아닐까 하는 생각이 들어요.

눈물이 급류가 되어 그녀를 휩쓸어 버릴 듯했다. 그러나 이제 글자의 메시지를 확실하게 알아볼 수 있었다.

UMBRA

울리카 마리아 베냐민 레베카 아스톤.

가장 어두운 그림자를 의미하는 라틴어 단어.

1년 후

미나가 창밖을 내다봤다. 올해는 아직 눈이 오지 않았다. 연말이 다가오는데 날씨는 여전히 11월 초와 비슷했다. 그녀가 냉기를 좋아하긴 하지만, 지난겨울은 너무 추웠다. 올해는 그 정도로는 춥지 않아서 홀가분한 느낌이었다.

아만다가 작은 소독제 병을 건넸지만 미나는 고개를 저었다. 이제 더는 필요하지 않았다. 아만다는 불규칙하게 불빛이 깜박거리고 있는 미니 크리스마스트리 옆에 병을 두었다.

"오늘은 어떤가요?"

아만다가 물었다.

미나가 그녀에게로 몸을 돌렸다. 아만다가 앉은 안락의자의 쿠션도 진료실의 다른 인테리어와 마찬가지로 베이지색이었다. 심리학 강의에서 색깔을 포기하라는 교육이라도 하는 걸까?

"좋아요. 고맙습니다."

미나가 대답했다.

"어제 루벤과 사라의 초대를 받았어요. 둘이 약혼을 해서 파티를 연대요. 좀 이상하지 않아요? 언젠가 결혼하기로 약속했다는 이유로 파티를 열다니. 하지만 크리스테르와 라세,

아담과 율리아도 참석할 거예요. 아담은…… 이름이 뭐라더라. 아마 예시카였던 것 같은데. 아무튼 여자친구랑 같이 간대요. 율리아와는 잘 안 됐어요. 하지만 그래도 율리아는 이혼해서 기쁜 것 같……."

"미나."

아만다가 엄한 목소리로 말을 막았다.

"우린 당신 동료들에 대해 이야기하려고 여기 있는 게 아니에요. 당신은 어떻게 지내나요?"

미나는 입을 다물고 다시 창밖을 내다봤다.

"아주 좋아요."

잠시 후에 그녀가 입을 뗐다.

"청결 문제는 점점 나아지고 있어요. 지난달에는 나탈리보다 길게 샤워하지도 않았고요. 크리스마스가 지나고 며칠간은, 물론 우리 모두 기분이 좀 이상하긴 했죠. 나탈리와 니클라스도요. 벌써 1년이 됐으니까요. 흠, 그 일이…… 벌어진 지 날짜까지 거의 정확하게 1년이 지났네요. 나탈리는 여전히 할아버지를 그리워해요. 하지만 그 애는 강하답니다. 오늘 저녁에는 니클라스가 식사하러 와요. 나탈리는 혼자서 요리해 보겠다고 했어요. 아이 아빠가 요리에 있어서는 자기 고집이 있는 사람이라 꽤 긴장하고 있더라고요. 그가 얼마나 참을 수 있는지 두고 봐야겠어요. 틀림없이 재미있는 저녁이 될 거예요."

"1년이 지났군요. 날짜까지 거의 정확하게."

아만다가 메모를 했다.

"당신은 어떤가요?"

"아주 솔직하게 말해 볼까요? 난 다른 생각은 할 수가 없어요. 빈센트 소식은 아직도 전혀 모르고요. 1년 전부터요. 그 사람이 걱정돼요. 혹시 뭔가 아시는 게 있나요? 당신 동료들은 뭐라고 해요?"

"빈센트 발데르에 대해 내가 아는 거라고는 당신이 들려준 이야기밖에 없고요."

아만다가 대답했다.

"그 이야기로 미루어 보면 그에게는 도움이 필요해요. 그래서 난 그가 도움을 받을 수 있는 곳에 있기를 바랍니다. 하지만 그렇다고 해도 내가 알 수는 없어요. 환자 정보는 비밀이니까요. 특히 정신과에서는 더욱 그렇죠."

"하지만 토르가 헬릭스 센터에 있다는 사실은 다들 알잖아요."

"네, 다행스럽게도 당신은 그를 죽인 게 아니라 무력화시키기만 했지요. 그는 형 집행이 신속하게 결정된 편인데, 재판과정 중에도 과대망상이 점점 심해졌어요. 그에 비해 빈센트는 자기가 원하는 대로 할 수 있는 상태잖아요. 그는 그냥 사라지기로 한 거예요. 빈센트의 경우는…… 무척 특이해요."

"빈센트는 모든 면에서 그래요."

"흠, 내가 하는 일이 경찰 쪽과 관련이 많긴 하지만 나는 경찰이 아니에요. 그래도 텔레비전에서 보고 들은 건 있죠. 신용 카드나 휴대폰을 쓴 위치의 정보로 그가 머무는 곳을 알아낼 수는 없나요?"

미나는 어깨를 으쓱했다.

"로케가 그 사람 휴대폰을 망가뜨렸어요. 예전 번호는 비활성 상태고, 지금까지 새 번호에 대한 정보는 없어요. 그리고 신용 카드는…… 빈센트는 범죄 용의자가 아니니 은행들이 일반 고객의 계좌 거래 정보를 제공할 마음이 없고요."

"하지만 시도는 해 보셨겠죠."

질문이 아니라 확인이었다. 미나는 당연히 알아내려고 시도했었다. 그때 바로, 그것도 여러 번. 그러나 지금까지 밝혀진 것은 아무것도 없었다.

미나 옆에 일주일 전에 나온 《다겐스 뉘헤테르》 신문이 놓여 있었다. 1면에 '스웨덴의 미래'의 새로운 당 대표에 대한 기사가 실려 있었다. 미나는 그의 이름을 기억할 필요가 없다고 생각했다. 그 당은 1년 전에 테드 한손이 사임한 이후 계속해서 당 대표를 갈아 치웠다. 새 인물들은 정치적으로 무능력했고, 당 대표 직무도 제대로 소화하지 못해 겨우 한 달 정도씩만 그 지위를 유지했다. '스웨덴의 미래'는 몰락하는 중이었다. 하지만 미나는 그들이 시야에서 완전히 사라져도 상관없었다.

"벌써 1년이 지났다는 사실이 믿기지 않을 정도예요."

미나가 나지막하게 말했다.

"그의 집을 돌아다녔던 게 어제 일 같거든요. 너무 끔찍할 만큼…… 텅 비어 있었어요. 가끔 그 집 꿈을 꿔요. 빈센트의 가족이 그저 환상이었다니, 믿을 수가 없어요."

아만다가 천천히 고개를 끄덕이고는 펜을 내려놓았다.

"원래는 당사자를 꼼꼼하게 진단해 보지 않고 의견을 말하면 안 되지만, 1년 전부터 당신이 그에 대해 하는 이야기를 듣고 나면 늘 똑같은 결론에 도달하게 돼요. 그의 가족은 잠재의식 속의 지지 구조였고, 아마 유년기의 트라우마를 견디게 하는 역할을 했던 듯해요. 아무튼 나는 이렇게 심각한 해리성 인격 장애를 본 적이 없어요."

"내 생각에 그의 가족 구성원은 그가 가진 성격에서 서로 다른 부분들을 나타내는 것 같아요."

미나가 말했다.

"아스톤은 그의 감정을, 베냐민은 분석적 사고를, 레베카는 사회적 자아를 대표해요. 그리고 빈센트는 절대 인정하지 않겠지만, 마리아는 영적인 부분을 나타내고요. 울리카는 그의 냉소적인 태도를 대표해요. 내가 전에도 이 얘기를 여러 번 했죠. 하지만 어쩌다 그렇게 된 건지는 여전히 이해하지 못하겠어요."

"이제 그 주제를 다룰 때가 된 것 같군요."

아만다가 몸을 앞으로 내밀었다.

"내 목표는 이 모든 사건을 겪은 당신이 우리 상담 시간을 통해 최대한 안정될 수 있게 돕는 거랍니다. 우리의 초점이 당신의 안녕에 있기 때문에 난 지금까지 한 가지 주제를 의도적으로 제외했었어요. 그런데 어쩌면 이제 거기에 접근해도 될 것 같아요."

"무슨 말인가요?"

"빈센트에게 당신이 한 역할 말이에요."

"내 역할이요?"

미나가 물었다.

처음 율리아가 아만다를 찾아가라고 강요했을 때 미나는 거부했었다. 자신의 내면을 휘저어 놓을 심리 치료사는 정말이지 필요 없었다. 아무도 그곳을 뒤져서는 안 되니까. 하지만 율리아가 그건 제안이 아니라 규정임을 확실하게 했기 때문에 미나는 결국 그 말에 따랐다. 그러나 상담 시간을 즐겁게 기다린 적은 한 번도 없었다. 게다가 이 주제는 절대 다루고 싶지 않았다. 시간이 다 지나갔기를 바라며 시계를 흘끗 봤지만 운이 나빴다.

"그래요, 당신의 역할."

아만다가 미소를 지었다.

"내 생각에, 당신이 시야에 나타나고부터 빈센트의 환상 속 세계에 균열이 생긴 것 같아요. 그의 옆에 있어 주는 사람이 처음 등장한 거죠. 마리아가 질투가 심하고 그의 집에 다툼이 잦았던 건 이상한 일이 아니에요. 그에게는 마리아가 현실이 었다는 점을 잊지 마세요."

"그런데 왜 우리 모두 아무것도 눈치채지 못했을까요? 그리고 그는 왜 아무 말도 하지 않았을까요?"

"그는 자기 방식으로 판타지에서 벗어나려고 시도했을 거예요. 곤돌렌 레스토랑에서 울리카와 다퉜을 때, 그는 아마 환상의 세계에 반항했던 것일 테죠. 하지만 그 세계를 쉽게 털어 낼 수는 없었어요. 그러다 해방되고자 하는 욕구가 무의식, 그리고 억압된 모든 욕망을 대표하는 이른바 그림자를 만들어 낸 거예요. 나는 당신이 이 과정에서 무척 중요한 역할을 했다고 봐요. 그가 갑자기 현실 세계에 살고 싶다는 욕구를 느낀 이유는 오로지 당신이에요."

미나는 한동안 아무 말도 하지 않고 창밖만 내다보면서 아만다의 말을 곰곰이 되뇌었다. 절대 울지 않을 것이다.

"빈센트가 그리워요."

미나가 나지막하게 말했다.

"그는 지금 어떤지, 도대체 어디에 있는지 알고 싶어요."

아만다가 말없이 고개를 끄덕였다. 이 행동보다 적당한 대답은 없었다. 그녀가 노트를 덮었다. 상담 시간이 끝난 모양이었다.

"아, 한 가지 더."

아만다가 말했다.

"첫 상담 시간에 당신이 언급한 움브라 말인데요. 빈센트의 집에 개인 물품이 별로 없었다고 했잖아요. 그래서 당신이 빈센트에 대해 했던 말들을 토대로 분석해 봤어요. 그의 어항에 있었다던 머드미노우 기억하시나요? 그 종에 대해 찾아봤어요. 스웨덴에서 부르는 정확한 명칭은 아메리카 펄고기인데, 라틴어로는 움브라 리미예요. 진흙의 그림자."

움브라 리미. 미나는 미소를 지었다. 전형적인 빈센트로군.

*

빈센트는 매그넘 아이스크림 여섯 개를 들고 주유소에서 나왔다. 가족들은 차에서 내려 햇살을 즐기고 있었다. 이번 겨울은 특이할 만큼 온화했다. 어찌어찌해서 거스름돈을 바지 주머니에 넣는 데 성공했다. 아직 현금을 받는 가게를 찾기는 힘들었지만, 좀 찾다 보면 어떻게든 되긴 했다.

"아이스크림 먹자!"

그가 소리쳤다.

"주유하려던 거 아니었어?"

울리카가 물었다.

"한겨울에?"

레베카도 물었다.

"아빠, 왜 그렇게 맨날 이상하게 행동해?"

"내가 울리카 이모 아이스크림 먹을래."

아스톤이 말했다.

"절대 안 돼."

울리카가 빈센트의 손에서 아이스크림 두 개를 가져갔다. 그런 다음 동생에게로 몸을 돌렸다.

"자, 마리아. 갈색, 아니면 흰색 초콜릿?"

빈센트는 미소를 지으며 모자를 얼굴로 푹 눌러썼다. 계산대의 젊은이는 그를 못 알아봤지만, 당분간은 조심하는 편이 나았다. 이미 오래전부터 그를 알아보는 사람이 없긴 했다. 머리 염색과 얼굴을 뒤덮은 수염의 효과는 놀라웠다.

"차 안에서는 아이스크림 먹지 마."

그가 말했다.

"좌석이 끈적거리는 거 싫으니까."

조수석에 비닐이 덮여 있던 어떤 차가 떠올랐다. 미나의 자동차였다.

미나.

심장이 찢어질 것 같았다. 1년이 지났지만 미나를 조금도 잊지 못했다. 오히려 그 어느 때보다도 그리웠다. 그러나 그림자는 그에게 선택의 여지를 주지 않았다. 마음이 아프지만 미나를 너무 많이 생각하면 안 되었다. 아직은 아니었다. 그의 일을 다 해내기 전까지는.

언젠가 다 해낼 수 있다면.

"베냐민, 네가 잠깐 운전해 볼래?"

"아니, 아빠가 조금 더 해 줘."

베냐민이 대답했다.

"우리 이제 집을 찾자!"

아이스크림을 다 먹은 아스톤이 외쳤다.

"이제 호텔에서 자기 싫어. 아주 오래전부터 여행했잖아. 그런데 우리 어디로 가는 거야?"

빈센트는 웃음을 터트리며 아이의 머리카락을 헝클어트렸다. 아스톤이 언제부터 빨간 머리였지? 말도 안 돼. 그가 아이에게 윙크하자 머리카락이 다시 금발로 변했다.

진출로 표지판에 크비빌레까지 13킬로미터라고 쓰여 있었다. 모든 것이 시작된 그 농장까지 13킬로미터 남았다.

"이제 다 왔어."

빈센트가 대답했다.

감사의 말

독자들이 없었더라면 우린 아마 일자리를 잃었을 것이다. 여기까지 모험의 여정에 동행해 주신 모든 분께 가장 먼저 감사 인사를 드린다.

늘 그렇듯이 노르딘 에이전시의 요아킴 한손과 싱네 베딩에르, 안나 프랑클과 스티브 화이트, 그 외 팀원들에게 감사드린다. 여러분은 우리 작품을 넓은 세상으로 내보내 주었다. 아세파 커뮤니케이션의 릴리 아세파와 모든 직원에게도 정말 감사드린다. 독자들이 우리 책을 알게 된 것은 여러분 덕분이다.

에바 외스트베리와 욘 헤그블롬이 이끄는 보크푀라게트 포럼 출판사에도 당연히 감사의 말씀을 드린다. 우리 편집자 셰르스틴 외딘은 이번에도 아주, 아주 많은 일을 해 주었다. 피아마리아 팔크와 클라라 룬스트룀 외 모든 마케팅 팀원의 앞길에도 붉은 장미가 비처럼 내리기를 기원한다.

표지를 담당한 마르셀 반딕손에게, 스톡홀름 지하철에 관한 모든 질문에 대답해 주신 스톡홀름 근거리 교통 회사 서비스 센터의 니콜과 동료들에게, 우리가 직접 기를 수도 있을 만큼 딱정벌레에 대해 많은 것을 설명해 주신 자연사 박물관의 곤충학자 마티아스 포르스하게에게, 어떻게 하면 회토르예트를 폭발시킬 수 있을지 물었을 때 우리를 신고하지 않은 스톡홀름 소방대의 안데르스 팔름과 국가작전부의 테레사 마릭에게 특별한 감사를 전한다. (하지만 우리 사무실 앞에 한동안 서 있던 검정 밴은 꽤 눈에 띄었다.)

늘 그렇듯이 법의학적 의문에 관해서는 셀다 스타그와 레베카 테글린드의 도움을 얻었다.

카타리나 엥블란드는 권력의 중심에 있는 삶에 대해 우리에게 자세히 설명해 주었다.

그리고 우리가 잊어버린 모든 사람에게 감사드린다. 여러분 모두는 이름이 언급될 자격이 있다. 그 너그러운 마음에도 감사한다.

다른 때와 마찬가지로 우리는 자유롭게 작품 속 세상을 창조했다. 경찰 업무뿐 아니라 모든 면에서 그렇다. 비현실적인 점이 너무 눈에 띄지 않기를 바란다.

가족, 특히 배우자의 도움이 없었다면 이 작품은 완성되지 못했을 것이다. 린다 잉엘만과 시몬 휠드, 두 사람이 우리를 견뎌 주는 건 사실 기적이다. 무엇보다도 마감이 가까워질 때면 말이다. 어쩌면 배후에 숨어 있을지도 모르는 마조히즘은 자세히 언급하지 않고 그저 이렇게만 전하겠다. 고마워, 그리고 다시 한번 미안해. 사랑해.

이번에 개인적으로 감사를 해야 할 사람이 몇 명 더 있다. 율리아 함마르스텐. 루벤 회크. 크리스테르 벵트손. 페데르와 아네트 옌센. 아담 블룸. 사라 테메릭. 여러분이 범죄 사건을 해결하고, 사랑에 빠지고, 약혼을 하고, 아이를 얻고, 크리스마스 파티를 열고, 이혼에서 살아남고, 죽기까지 하는 동안 여러분의 삶에 동참할 수 있게 해 주어서 정말 고마웠다. (페데르, 미안해!) 여러분은 우리를 몇 번이나 놀라게 했다. 여러분을 알게 되어 기쁘다.

두 명의 스타, 빈센트 발데르와 미나 다비리에게 가장 큰 고마움을 표하고 싶다. 두 사람과 영원히 헤어지게 되어 슬프기도 하다. 두 사람의 계획이 무엇이든 앞날에 행운이 함께하기를 빈다. 혹시 시내에서 우연히 만나면 커피 한잔 살 테니, 요즘 뭘 하며 지냈는지 말해 주었으면 좋겠다.

두 사람이 벌써 그립다.

2023년 7월, 카밀라와 헨리크

옮긴이 전은경

한국에서 역사를, 독일에서 고대 역사와 고전문헌학을 공부했다. 출판사와 박물관 직원을 거쳐 지금은 독일어 번역가로 일한다. 《영원한 우정으로》, 《폭풍의 시간》, 《리스본행 야간열차》, 《언어의 무게》, 《프랭키》 등을 우리말로 옮겼다.

미라지 3

초판 1쇄 2024년 12월 27일

지은이 카밀라 레크베리, 엔리크 펙세우스
옮긴이 전은경

표지디자인 정나영

펴낸이 차보현
펴낸곳 어느날갑자기
출판등록 2017년 8월 31일 제2021-000322호
블로그 https://blog.naver.com/dayonepress
인스타그램 https://www.instagram.com/oneday_press
유튜브 '책략가들' https://www.youtube.com/@dayonepress

미라지 3 ⓒ 카밀라 레크베리, 헨리크 펙세우스, 2024
ISBN 979-11-7335-033-7 04850
    979-11-7335-030-6 04850 (전 3권)